U0525574

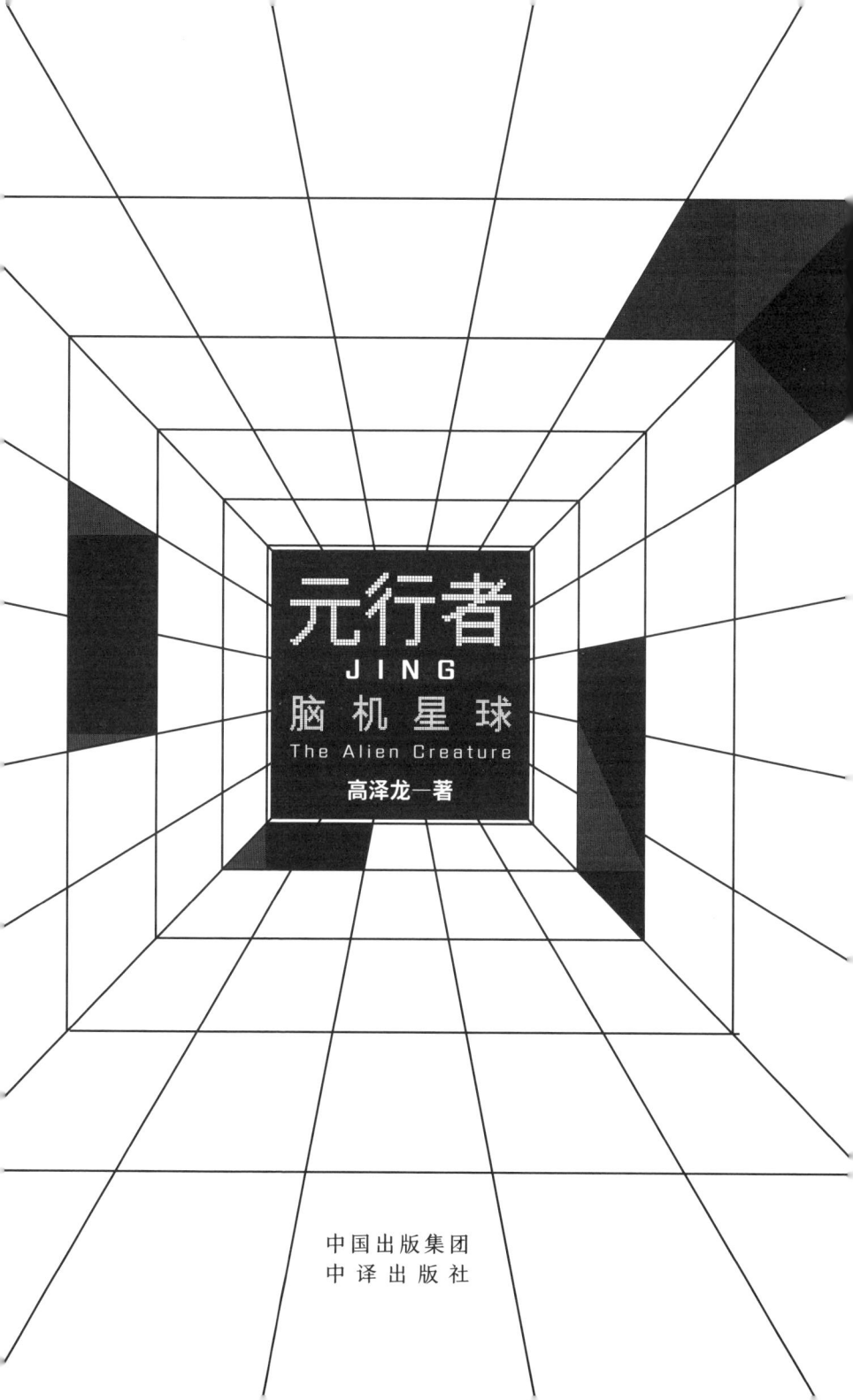

元行者
JING
脑机星球
The Alien Creature

高泽龙—著

中国出版集团
中译出版社

图书在版编目（CIP）数据

元行者 / 高泽龙著. -- 北京：中译出版社，2025.6

ISBN 978-7-5001-7291-8

I. ①元… II. ①高… III. ①小说研究－中国－当代 IV. ①I207.42

中国版本图书馆 CIP 数据核字（2022）第 248394 号

元行者
YUANXINGZHE

出版发行：中译出版社
地　　址：北京市西城区新街口外大街 28 号普天德胜大厦主楼 4 层
电　　话：010-68002876
邮　　编：100088

策划编辑：张　旭　李珊珊
责任编辑：张　旭
特约编辑：陈佳懿
明信片设计：赵　阳
封面设计：万　聪
排　　版：北京竹页文化传媒有限公司

印　　刷：北京中科印刷有限公司
规　　格：880毫米×1230毫米　1/32
印　　张：8.25
字　　数：160 千字
版　　次：2025 年6月第 1 版
印　　次：2025 年6月第 1 次

ISBN 978-7-5001-7291-8　定价：69.00 元

版权所有　侵权必究
中 译 出 版 社

开 篇

极尽奢华的屋内，一张十来米长、黄灿灿、纯金的桌子，一个穿西装的男性趴在桌上一动不动，男子的头部浸在一大摊红艳无比的血浆中，无数的黑点像蚂蚁一样从死尸的眼、鼻、嘴、耳里涌出来，跳进红色的血浆里面。

死尸头顶的方向，靠近窗户，坐着一个正在抽雪茄的老人。他非常淡定从容，对小黑点的关注好像远远超过对眼前这个人的关注。他双眼认真地盯着那些黑点，无数的小黑点像小蚂蚁一样在血浆里继续游走，很快组成了如一行文字的图案：

"我可以进入任何人的身体，我可以杀死任何人！"

老人认真地看着图案，会意地点了点头，轻轻地吸了一口雪茄。

小黑点继续动着、组成了新的图案——"但是我无法控制人的大脑"，很快又变幻出下一个图案——"除非有人特别主动地、非常情愿地让我控制他的大脑。"

老人看着图案,会意地点了点头,又吸了一口雪茄。

小黑点变换着图案,继续显示:"你愿意吗?愿意的话你就说'我愿意'。"

老人吐出了些烟气,看着图案,想了几秒钟,深深地吸了一口雪茄,说:"我愿意!"声音虽然不大,但是平静中却透着坚决。

话音刚落,无数的小黑点快速地汇集成蛇的样子,像枪里射出的子弹一样从血泊中射向老人的脸庞。原本端坐在镶满了巨大钻石的铂金椅子上的老人,瞬间像触电一样开始浑身乱颤,手里的雪茄"啪嗒"飞落在地上。

几分钟后,老人蜷缩在椅子里的身体舒展开来,他从扶手上抬起胳膊,低头捡起了快要熄灭的雪茄。又过了几分钟,电话铃响起,老人拍了拍桌子,桌面分开,露出的蛋状装置里,浸泡在血水中的宫腔晃动着,胎膜仿佛马上要被撑开。

很快,婴儿的啼哭声响彻房间。

目 录

第一章 | 被埋藏的身份 — 001

第二章 | 被联网的大脑 — 045

第三章 | 被侵略的地球 — 085

第四章 | 被揭示的隐秘 — 163

第五章 | 被拯救的未来 — 207

彩 蛋 — 247

后 记 — 255

第一章 被埋藏的身份

被埋藏的身份

其大无外,其小无内,无边无际,浩瀚星空。

或许,整个宇宙就是一台超级计算机,神用 DNA 软件创造了人类和千千万万的物种,用造物程序编写了空气、阳光和水……

现在,银河系的人类在互联网的基础上发明了超元域,新一代网络无所不包,无所不能,早已超越了人类顶礼膜拜的神!

人类的出现,或许本身就是个错误,也可能是意外吧。

那我自己呢?蒋吉有时会这样问自己。

…………

蒋吉很讨厌自己陷入这种混沌、无序、没有逻辑的胡思乱想中,于是把头转向窗外。

外面是繁忙的景象,无人驾驶的飞行汽车、飞行器往来穿梭,长龙状的列车、观光车贴着轨道呼啸而过,地面上汽车的灯光形成或宽或窄的璀璨光带。各类建筑在夕阳下形成明暗两面,明面的幕墙散发着金色的柔和光芒,并不刺眼;而建筑暗面,大型立体全息广告正在播放着。远处的巨型建筑构成"钢铁森林",高耸的"林木"

插入云端的部分时隐时现，巨型瀑布从天而降，迪士尼乐园悬浮在空中，人造山峰和立体景观矗立在远方。

这可真是一个梦幻般的世界！

所有这一切都是科技的产物，由程序创造和控制，而程序是众多工作人员——主要是普通人类，当然其中也包括改良人、改良仕和机器人——一起完成的。

这里是代表着人类文明智慧结晶的人造大陆——新大洲，位于太平洋的中心地带。

蒋吉的飞行器落在新大洲生态区一个院子的草坪上，旁边有几棵树，还有一个不大的池塘，园艺机器人正在修整花草，金黄色的胖鼬鼠机器人YOYO从玩具区域爬了过来，两只罗威纳犬站定在远处朝这个方向盯着。

蒋吉走进屋子，智能视听终端自动打开：

联合洲政府计划于2128年全面消除贫困，实现地球上零贫困人口的目标。联合国国际组织升级为联合洲政府以来，一直致力于促进各洲各国在国际法、国际安全、经济发展、社会进步、人权及实现世界和平等方面的合作……

今日下午，部分环保学者和专家召开新闻发布会，声讨GONTEL产品中使用了含有毒性成分、对环境造成污染的液压油，李瑟琳等环保人士发布的研究成果表明，新型液压油一旦泄漏,将使数平方千米内的动植物遭受放射性污染……

电视上继续播放着关于李瑟琳的资料:

  李瑟琳,新大洲环境与自然委员会干事,托特大学教授李泰勒之女,9岁起便开始跟随父亲环球考察……

  蒋吉盯着一张李瑟琳儿时的照片,僵在那里。"为什么……我为什么感觉很多年前就见过她?难道她就是那个经常出现在我脑海深处的人吗?"

  那是15年前,蒋吉13岁的时候,他生活的垃圾场一带发生了战乱,发小和他一起被大人装在一个破旧的载重飞行器里面,飞行器设定了自动行驶到开洛城教堂的逃亡路线。逃亡途中,孩子们都睡着了,不知飞了多久,突然一阵密集的子弹射了过来。载重飞行器很快起了火,开始急速摇摆,蒋吉被甩了出来,摔落在地面,昏迷了过去。

  蒋吉醒来的时候,躺在一个圆形的小帐篷里面,他觉得胸和腰都疼得厉害,胸部被固定住了,半截身子像被缚在茧里一样。旁边放着一些食物和一个长满绿草的花盆,还有他的上衣。他挣扎着正要起身,这时候一个脑袋探了进来,那是一个扎着马尾辫、脸上有雀斑的小姑娘,面容温暖而亲切。

  "你醒啦?"小姑娘半跪在那里说,"你的肋骨骨折了,我爸爸给你治好了,你别剧烈运动哦,过两天就好了。"她看了下外面继续说,"别担心,这里很安全,山那边的人不会来这里的。"

一个中年男人喊道:"李瑟琳,我们要走了,快点啊!"

小姑娘用柔软的手碰了一下蒋吉伸开的胳膊,挤了个笑脸就消失了。

这是蒋吉逃亡出来后第一次见到"外部世界"的人,他并没有听清小女孩的名字,这一切来得太快了。她的脸蛋和眼神是那样的可爱,仿佛从梦境中走出一般——美好,却又很快消失了。

蒋吉坐在沙发上,脸上洋溢着幸福的微笑,眼睛里闪烁着温柔的光芒,他能感觉到自己的心跳正在加快。"打电话给李瑟琳!"他来回走了几步后下了指令,思考片刻,赶紧又说道,"取消。"

新大洲的一栋公寓中,李瑟琳正在玩《穿越者》。这是一种风靡全世界的角色扮演游戏,玩家可以穿越到中国古代的秦朝、2012年的伦敦奥运会、2054年的世界机器人博览会,还可以化身为诗仙李白、创作世界名画的梵高等等。只要是地球上曾经发生过的,只要手里有硬通货(世界银行的世界元、中本聪金融的比特元、几大科技巨头的代币),你就可以随意"穿越",去沉浸式地"体验"和"改写"历史。

根据游戏规则的设定,每次选择好故事、时间、地点、人物并且进入游戏后,用户的真实记忆将被临时"隐藏",游戏角色当时的记忆、思想、习惯和情感将配合意识芯片被激活,现实用户立即拥有对应角色的思想、资产和关系。虚拟世界中角色的演绎和剧情推进，都完全取决于现实用户。当然，如果有钱，能支付高级功能的费用，就可以选择很多复杂的玩法和装备，比如"10分钟任务"就是玩家进入游戏后，游戏角色10分钟之内能记住玩家本人的目标或想法。玩家的所有言行、所见所感都会被记录下来，视听及动作数据可以被玩家通过额外付费的方式下载保存。

李瑟琳并不是一个游戏迷，她进入游戏主要是为了学习和考察每个时代不同的生态和物种。她的生活极其简单，要么研究，要么学习。当然，这个游戏也可以放松身心和刺激感官，将人从现实中暂时解放出来。

李瑟琳戴上头盔，游戏提示：加载中……

游戏界面的顶部，一行是广告信息，另一行是系统公告。

新用户专享：充值返代金券，服务机器人最高可享零元领取，今晚送到家！

【公告】"寒武纪时代"7扇区11道3345簇服务器例行维护 [已结束]。

李瑟琳这次选择的时间是1996年12月9日14时30分55秒，她拖拽着屏幕上的地图，放大，然后轻轻点击，进入了越南河静省东南部的奇英市。无数个推荐的角色组成的立体相册，像极了夜空的点点繁星，她选择的身份是一个渔家少女。一阵头晕目眩后，思想和身体仿佛融化消失，感觉像是进入了梦境。随后，无数个颗粒重新组合成新的身体，思想和记忆仿佛被灌入脑中，身体和记忆被一点一点激活。一段酷炫的宣传视频后，世界终于安静下来，她成功化身为奇英市小岛上的一位渔家少女，开始执行"10分钟任务"。

太阳当空高悬，又是炎热的一天。一个用木头篱笆圈起来的院子里面，劳累了一上午的渔女坐在木凳上，旁边是她收拾出来的一堆木柴。前面是一个不到10米的水坑，旁边是成群的鸭子。她伸展了一下身体，准备开始做饭。她来到水坑边。她能分辨出水芹、空心菜、豆瓣菜、水蕨与水菜花，水芹、空心菜、豆瓣菜都是蔬菜，可以食用，豆瓣菜还可以用来养殖草鱼，水菜花可以用来观赏和监测水质。她看了下水里，水菜花根部寄生着福寿螺，青鱼、鸭子是福寿螺的天敌。水芹可以净化水质，有很强的处理污水能力，即便在污水中也可以很好地生长……

灯光下，一个身着黑衣的中年男子疾步走过。风很大，衣服发出"哗哗"的声响，影子反应不过来，不知道该做何状，只好贴在地上，紧跟着往前去。

这是一幢高耸的建筑物的楼顶，四周的灯光照出了建筑物的轮廓和灰白色的材质。阴影里有一个全是黑色的方形小房子，屋子并没有任何反光，像是一堆正在熔化的物质，但是看起来又极其坚硬，极其诡异，如果不注意人肯定会撞上去。

中年男子推开了门，拎着一个手提箱走进屋子，门很快就被关上了。

屋里两边的墙壁上，翠绿的荧光游离着，伴随着中年男子走向前的脚步，荧光像水波被层层推开。一个大箱子上面，一颗黑红色的球被另外几颗圆球围绕着，几颗球都在各自旋转，其中一颗蓝色的星球异常美丽，焕发着光彩。

十几分钟后，男子拎着手提箱从黑色的屋子出来，裹紧了衣服，踩着刚才的影子，走了。

手环助理提醒蒋吉，10分钟后要开始托拉斯的视频会议，参加会议的都是芯片、生物、机器人和能源公司的高管代表。托拉斯是行业顶尖企业的联盟，也是利益共同体。蒋吉的企业Umbrella与这些行业巨头相比规模尚小，所以发言并不多。

蒋吉来到书房，窗帘自动关闭，全息屏幕立体呈现出来。蒋吉坐下后戴上了多功能眼镜，按下按钮，选择了虚拟会议系统里面大圆桌旁边的一个椅子，马上进入了完全模拟真实会议的场景里面。鼬鼠YOYO也进了书房，跳了几次爬上沙发，沙发上还有抱枕、凌乱的衣服，地上还有一瓶已经开了的XO。

会议开始前，会议背景相关的内容已经在屏幕上滚动播放：

机器人的三定律，是人类还在畅想人工智能时代就提出来的。

第一定律：机器人不得伤害人类个体，或者目睹人类个体将遭受危险而袖手旁观。

第二定律：机器人必须服从人类的命令，当该命令与第一定律冲突时例外。

第三定律：机器人在不违反第一和第二定律的情况下要尽可能保护自己的生存。

以上就是著名的阿西莫夫三大定律，这说明人类很早就开始关注智能机器和人类之间的关系，并且产生了新的研究领域——"机械伦理学"。

除了背景内容，还有一些专家访谈和有关OAMPA新型军警机器人的报道在播放着。

会议轮值主持人做了开场白，然后宣布会议开始。"第一个议题，是否接受为部分国家政府生产机器人武器用于打击恐怖分子。"停顿了一会儿，他继续说，"第二个议题，最近炒得沸沸扬扬的头条事件，知名影星汤姆·弗里曼要把全部遗产传给他的陪伴机器人，同时联合数位社会名流呼吁要给机器人适当的人权，我们是否要对此做出回应。"

顿时，会议室像开了锅一样，很少有这样争吵和辩论的场景。

反对者众多，他们义愤填膺，各抒己见。

"这明显是违反人类最基本的道德底线的。机器人一旦开始掌握兵器，将有可能给人类带来灾难性后果。"

"我们要向联合洲政府提出联合抗议，必须制止这种行为，并且必须要求对 OAMPA 严厉制裁！"

"坚决反对！这绝对是对全世界数十亿人民基本尊严的挑战和践踏。OAMPA 作为全世界最知名的公司之一，这无疑是要把整个行业都做坏。"

反对者占了绝大多数，但也有两位支持者认为应该考虑得更有高度，从整个人类所处的境地出发来看待这个问题。

"外星人已经和人类互通有无，双方只是相互忌惮，未敢继续接触，未来最大的威胁可能来自外太空，而不是机器人。如果人类因为道德和自尊没有去发展更先进的机器人武器，那可能才是整个人类的末日。"

"OAMPA 已经开始生产警察机器人，各国政府采购的数量从最初的几十台，到年底可能突破一万台。因为警察机器人满足了政府的需求，才有了军队机器人这更大的需求和市场。我们没有这个产品线，已经非常被动，必须尽快补上。"

"克隆人、基因修改、仿生人、机器宠物、月亮娱乐城都有了。很多国家已经消失，全世界自由移民，几大网络巨头的用户数量已经超过各国政府的公民数量，比特元社区和几大科技巨头在太平洋中心填海创造出新大洲。这是个自由的时代！新大洲政府、联合洲政府都没有明确禁止机器人用于战争，何况是为了打击恐怖分子。"

大家持续地争论了两个小时，第一个议题仍然没有达成一致，第二个议题暂时先搁置，会议无果而终。

21 世纪后期，得益于通用大模型、意识芯片、空间感知和具身智能的快速发展，类人机器人大量诞生，商用、家用、陪伴、服务、教育等用途的机器人迅速普及。意识芯片担任智能设备的总指挥，管理各种外围设备（如家电、汽车、电脑、机器人等），能够调动所有关联的网站、平台、内容，通过读取大脑的意识和记忆，实时感应外部环境，从而协助主人社交、生活和工作。意识芯片可以输出，但是无法被人脑以外的设备输入或读取任何信息，所以目前来说非常安全。

精密机控装备主要是各类数控机械、智能材料、电子器件、识别感应装置等等，这些加速了机器人的迅速普及。OAMPA 是世界上最大的机器人公司，其实验室独家创造了可以通过计算机程序控制的夸克金属元素，这种元素已经成为人类对机器人动作实现精细控制的主要法宝。

会议结束，蒋吉躺在沙发上发呆。机器人是否可以掌握武器，机器人是否可以有自己独立的思想和感情？这是两个多么古老的、没有新意的话题啊！可是当这两个问题真正摆在人类面前的时候，仍然是如此棘手，令人不知所措。

蒋吉感觉困顿，躺在沙发上睡着了。

他睡得很沉，感觉瞳孔不断被撩拨，随后好像有万丈光芒射进来，光线极其明亮，以至于他看不到任何物体。视力慢慢恢复的时候，蒋吉看到自己正置身于一个巨大的广场，周围密密麻麻的都是机器人。从憨态可掬的用于陪伴、服务、清洁的机器人，到体形庞大的工厂机器人、医疗机器人，还有一些他从未见过的丑陋不堪、奇形怪状的机器人，偶尔还能看到一些像他这样的人类。所有机器人和人都在朝一个方向奔跑，声势浩大。

蒋吉不断地问自己，我怎么会在这里？这是在干什么？他看到所有的机器人都像鸭子听到主人给食槽填食的声音一样狂奔着，这是一种强大的意念，以至于它们根本看不到、听不到，也不理会周围有什么。蒋吉愣愣地站在那里，后面涌动的潮流推着他往前，虽然很多机器人已经自动绕开了他。

他集中所有精力，揉了揉眼睛，想看清前面到底是什么，视线刚刚聚焦，他就感觉到一股巨大的电流穿过大脑，身体紧跟着抽搐了起来。梦境如此真实，那种灼痛感犹在，真真切切，以至于他醒后还蜷缩着身子，好久不能动弹。近两个月，这已经不是他第一次做这样的梦了！

欧洲中部，多瑙河畔，奥地利的首都维也纳。第 22 区 DC 生活现代公寓，警笛声划破了早晨的宁静。警察进入公寓二层的一处住所，门敞开着，一个中年妇女躺在地上，头部淌出的血已经凝固。有警察正在拍照，警探亨特急匆匆地走进来，问："他们家的机器人呢？"

"报告长官，机器人坏了。"

"什么时候坏的？"

"不清楚。您看，机器人在这间屋子的钢琴旁边，好像正在弹钢琴。"

亨特看到机器人笔直地坐在钢琴前面，脖子断裂，脑袋已经掉在了地上，有烧黑的线头暴露出来，一只手还保持着从钢琴键上刚刚抬起来的姿势。

"联系机器人公司，调取所有的数据。"

"是的，长官。是 OAMPA 公司的产品，我立刻联系。"

"监控数据呢？"

"我们调取了死者家里摄像头的监控数据，可是摄像头一周前就已经停止记录了。"

听到风声的记者、新闻机器人纷纷赶到，在警戒线外团团围着，半空中很多架摄像无人机"嗡嗡"地飞着，亨特警长和警务主管走了出来，大家纷纷提问。

"警官，请问这起案件是自杀还是他杀？"

"上周，联合洲政府欧洲事务部宣称欧洲已经达到零犯罪率，您认为是否过于乐观？"

"事发地就在联合洲政府维也纳指挥中心附近，这是不是一种挑衅的行为？"

"是否已经认定这是一起凶杀案件呢？"

…………

亨特没有理会，径直走了，这个机器人居然自燃烧毁，摄像头一周前停止记录，数据为空，DNA检测仪在现场没有任何可疑的发现，凶手难道是黑客吗？奇怪！

新大洲的一角有个观景台，像是人造大陆伸向太平洋的一片树叶，向海面延伸 100 多米，像是浮在空中，下面是澄澈的海洋，上面是蓝色的天空。站在观景台上，可以远眺一望无际的太平洋，也可以看到 OAMPA 的总部大楼。总部大楼在不远处的一个岛上，一条封闭的纯金属轨道横跨上千米，连接了新大洲和这座孤岛。那是两座高耸入云的建筑，由两条走廊连接，整体呈井字状。从远处看，云层挡住了顶部，但是顶部更高部分又钻出云际，仿佛擎天柱一般！

两座高楼下的地面部分分成两层，一层是岛本来的陆地，上面绿意盎然，鸟语花香，一派园林的景色。距陆地几十米高的上层，是平行于岛面、垂直于两栋楼的一个超大广场，广场的两边分别有一条大瀑布流向岛面和海里，其余两边则修建了诸多建筑与海上交通工具通道。空中有来回穿梭的各类飞行器，偶尔还有巨大的客机从其中一栋建筑的楼顶上起飞或者降落。好一派繁忙的景象！

建筑里面，有无数条装配机器人的流水线，每条流水线都有密密麻麻的机械手臂在高速地运转着，冲压、钎焊、黏接、牵引、合装、驱动、定位、校正、感应、切割、打磨、抛光、喷涂、防锈……数百种复杂、细微、精密的工艺都由机械完成。新型材料、合金器件、量子中央处理器、存储器、半导体、晶圆、霍尔元件、光电池、晶闸管、纤维、压敏电阻、无刷电机、润滑油、硅胶等数以千计的各类零件被装配在一起。光是传感器就有重力、凸轮轴位置、碰撞、轮速、温度、磁电转速、转角、压力、机油、曲轴位置、扭矩、距离等超过 50 个种类。OAMPA 机器人流水线采用的集团公司的工业机器人是业内的翘楚，代表了现代工业机器人的最高水准。

像是魔法，更像是一首无与伦比的精美乐章，在组装外壳躯体的阶段，机器人的外形就已经初步显现。胳膊的外壳张开，一个机械的底座垂直升起，一个黑色沉甸甸的圆柱被机械手迅速地装配上，底座迅速下沉，胳膊的外壳关闭，居然连一条肉眼能看到的缝儿都没有。

流水线的另一端，装配完成的机器人睁开眼睛，转动一下脑袋，张开又握住拳头，像人一样自己坐起来，站成笔直的队列，被贴上各类标签，层层包装。有时可以看到机器人在被包装的时候眼睛还在上下左右地转动。最后的工序就是关闭机器人，进行关键部件的绝缘与护理，套上袋子，裹入泡沫，装入箱子，被运送到传输车上。

OAMPA 是全世界最大的工业机器人生产公司，后来又独家创造了通用型超金属夸克粒子，乘势进军个人机器人领域，获得了巨大成功，成为行业霸主。OAMPA 拥有完整的产业链，其家庭机器人从设计研发、生产制作到全世界销售，从售后网络、客服体系到回收拆解、二手市场等全部覆盖。

Umbrella 是蒋吉创办的生物科技公司，蒋吉希望把 Umbrella 打造为助力人类和谐健康发展的永不作恶的公司，最初只做生物环保，后来扩展了宠物机器人业务，其新研发的仿生肌肉达到了业界领先水平，正在顺势开拓仿生机器人市场。Umbrella 位于新大洲工业开发区内，区内的建筑并不高，统一都是 20 层的正方体建筑。

办公室内，蒋吉忙完了今天的事情，他想给李瑟琳买个包，于是戴上了多功能眼镜，进入了虚拟的王府井步行街。他点了点头，上次购物的试衣间开始自动恢复起来，顶部和四周被迅速构建并且着色渲染，全息投影的广告播放起来，赵云、黄忠、马超、张飞分别穿着国际大牌时装在 T 台上走秀。蒋吉说了声"跳过广告"，刚才定制服装款广告便化为一张海报悬挂在墙上。全息投影的美女导购员从角落走出来，礼貌地微笑和鞠躬，一整面墙变成了巨大的镜子，半空中出现多个按钮、选项和参数。

蒋吉脱下正在试穿的风衣，推开门走出北京市百货大楼。街道上游人如织，好不热闹，纯铜的黄包车上有正在拍照的小孩，各种造型和装扮的人来来往往，有穿着铠甲的勇士，有中世纪的贵妇，也有骑着恐龙的情侣。蒋吉经过工商银行和外文书店，向东方新天地的方向走去。

电话铃声响起。蒋吉靠着办公椅："亨特，你怎么想起我来了？"

亨特回答："我刚从欧洲回来，这不是忙嘛，最近几个月，案件又多起来了，你说这奇怪不奇怪！"

蒋吉调侃道："你是大侦探啊，这些还能难得住你吗？"

"你是大老板啊，还是机器人专家。你说，接连发生的这几起命案都很类似，没凶器、没监控，找不到任何有价值的线索，有的门窗都没开过。你说这该不会是……"

"应该不会吧，现在的技术已经很先进了，而且各大厂商都是遵守《2071 未来机器公约》和'机器人原则'的。"蒋吉一边说，一边调出了"机器人原则"给亨特发送过去。

元原则：机器人不得实施任何行为，除非该行为符合机器人原则。

第〇原则：机器人不得伤害人类整体，或者不得因不作为致使人类整体受到伤害。

第一原则：除非违反高阶原则，机器人不得伤害人类个体，或者不得因不作为致使人类个体受到伤害。

第二原则：机器人必须服从人类的命令，除非该命令与高阶原则抵触。

第三原则：如不与高阶原则抵触，机器人必须保护上级机器人和自己之存在。

第四原则：除非违反高阶原则，机器人必须执行内置程序赋予的职能。

繁殖原则：机器人不得参与机器人的设计和制造，除非新机器人的行为符合"机器人原则"。

蒋吉又补充说："我觉得最关键的是找到凶器，你说呢？"
亨特在通信器的另一头点了点头。
2119 年，人类已经掌握详细数据的星球有 2000 多万个，只有 69 个星球有生命存在，而且大部分只是一些低级生物，远未发展到高等智慧的文明阶段。地球上，生产力极为富足，很多工作被机器人所取代，每个企业都要供养相应比例的人口，新大洲的企业供养了非洲大部分中低收入的人民。大部分国家都有严格且合理的税务制度，消费越高，征税越多，还会征收高额的遗产税。很多人看到历史上人类为了地盘和利益大打出手，都会嗤之以鼻，觉得非常野蛮。

但是世界上没有绝对的事情，当一个新的事物产生后，可能很快人们就会给其增加污名。富人可以随心所欲地获得更多、更好的愉悦感受，比如在游戏里可以购买更多豪华装备、获得特权，可以享受明星同款的服务机器人，可以修复自身退化衰老的细胞，能享受星际旅游。当然，也拥有更多的物质财富，比如建筑、车子，能享受到珍稀的食材，能用钱解决各种问题。

但是，一个孤寡老妇，在财产没有任何损失的情况下，为什么会被杀死呢？亨特还是想不明白。

蒋吉给手环助理发出指令："打电话给李瑟琳……不，发信息给李瑟琳。"蒋吉虽然无数次想和她联系，但是始终不知道如何联系才是最合适的方式。

全息屏幕上出现了发信息的界面，蒋吉开始语音输入信息内容："您好，尊敬的李女士，我是您的粉丝，非常狂热的粉丝，非常敬仰您，或许我们很早之前就有过交集，15年以前，也就是2104年，您是否到过北纬37.5度、东经69.8度这一带？是跟随您的父亲一起去的？"

"叮！"蒋吉收到李瑟琳的信息："我查了下父亲的工作日志，是的，我们去过两次亚洲的这个地方。不知道您是哪位？"

蒋吉想了一下，输入："您的父亲救过我的命，我当时受伤了。"

"叮！"李瑟琳回复："我记不起来了，只查到父亲的记录，一个改良仕昏迷不醒，父亲帮助其修复并且将其安置在迷你飞行器内，将帐篷设定为自动回收。两天后又有记录，飞行器取消归舱设定，已经自动返航。"

蒋吉眉毛紧锁，反驳："尊敬的李瑟琳女士，您查到的记录都正确，但是有一点需要纠正，我是人，不是改良人，更不是改良仕。"

"叮！"李瑟琳的回复又跳了出来："我问了父亲，父亲回忆说当时给你治病的时候做了全身检测，你确实是个改良仕。我们有专业的科研仪器，可以很快查出来的，不会出错的。"

蒋吉看到信息，身子颤抖了一下，他用力地拍打了一下脑袋，起身倒了一杯威士忌，又坐回来。"说我是改良仕，这简直是污蔑！这怎么可能？父母生育我、养育我成人，妈妈说过我是缺陷儿童，所以带我逃离城市，因为缺陷儿童都会被杀死。我是正儿八经的人啊！"

蒋吉仰起头，脖子靠在椅背上，闭上眼睛，开始了回忆。即便是多年后的今天，小时候的生活经历仍旧历历在目。

那里是地球上比较大的垃圾场之一，也是布鲁诺集团 EQM 智能节约型资源的重要部分，小蒋吉就跟随爸爸妈妈生活在垃圾场的边缘地带。

这里每天只有很少的光,太阳只是在空气薄膜发电组充满电后不定期地照射到这片大地上。这里的水是浑浊的,EQM 工厂的管道流出来的水,还有来自十几千米以外的厨余垃圾场净化过的水被输送到这里。这里永远都有风,有时大有时小,风更加速了水的蒸发。没有花,很少有草,更没有河流。

但不管什么样的环境,都阻挡不了一个孩子的成长和对未来的探索欲望。

街头,三五个孩子,奔跑追逐,钻过地面上水泥和砖的大烟囱,进入一个无人驾驶货车的破烂的货箱,里面马上传来"丁零当啷"的声响,几个孩子又从货箱钻出来,冲到一面墙下。蒋吉跑得最快,他向前扑倒,嘴里喊着:"抓到了,终于抓到了!"手里一只棕黄色的鼬鼠剧烈挣扎着,小伙伴们围作一团。

工厂的墙很高,上面是电网,墙下面不远处,一个碎裂的显示器亮着,虽然屏幕有点花,但是却可以看到上面显示的是一个版本陈旧的计算机系统的登录界面。

蒋吉苦苦哀求着:"爸爸你不能杀它,它是我带回来的,爸爸我们不能吃它……"

蒋父反问道:"那你说留下它可以干什么?"

"它……它可以陪我玩儿。"两行泪水夺眶而出,蒋吉一只手摇晃着妈妈的胳膊。

蒋父大声呵斥:"玩儿,就知道玩儿!你知道咱们家多久没有吃过肉了吗?你知道我每天出去干活,有的时候饿得快要走不回来了吗?"

妈妈拽住了那个中年男人的胳膊,用力抢走了他高举的菜刀,扔在了一边。蒋吉抢过已经吓得一动不动的鼬鼠,回到了自己的房间。

蒋吉的房间是一个老式列车的驾驶舱,两个座位是桌子,地面就是床,上面散落着各种收集来的东西。屋子里面有衣服、书、一盆绿草、毛绒玩具和一台肯贝斯——第二代老式小型计算机。鼬鼠被关在一个有孔的透明塑料盒里面,怕它饿着,蒋吉还向妈妈要了虫子放到里面。妈妈用手摸了摸蒋吉的小脸蛋,说:"孩子,玩儿吧,你要争气!"

蒋吉感觉非常无奈,爸爸给他买到的课程,从数学、天文、地理这些中小学教程到反德西特时空、暗物质、量子力学这些高校课程,他都能无师自通,轻松掌握。他实在不知道该如何努力,怎么才算是争气。

蒋吉趴在桌子上,看着瓶子里的鼬鼠,问:"你叫什么名字?你是垃圾场里的老鼠吗?"

鼬鼠用圆溜溜的眼睛望着蒋吉,十分乖巧。

蒋吉自顾自地对鼬鼠说着:"以后叫你 YOYO 吧。YOYO,你是从工厂跑出来的吗?那你是不是吃得比我还好啊?"

"蒋吉,你怎么还在玩儿?我们都要出发了。"这时候爸爸推门进来,抱怨说。

蒋吉马上收拾东西,走出来后上了车。灰暗的地平线上,一路尘土飞扬，一辆车向前开去。

走在最前面的大个子，手里握着一个拐杖状发着"吱吱"声的无线脉冲信号声的长仪器，那是一种用来探测贵重金属和物质的装置，可以探测到钚、锎、锗、镓、钽、金、铂，也包括一些黑市上被炒到很高价格的翡翠，还有来自古老东方的宝石。锎是用来治疗恶性肿瘤的，是人工合成出来的超铀元素；钚是用于生产核设备的燃料和航天器能源；金银、宝石、翡翠都是黑市所喜欢的……走了几千米的样子，虽然金属探测仪响过几次，但没有什么实质的发现，要么是受到干扰，要么是含量很少。几个小时，几个人只是捡到了一个电梯厢、一片保存完好的光伏板、一瓶红霉素，还有一尺长的腊鱼干，小孩捡了玻璃球和一只断了腿的机器狗。电梯厢被挂在一个飞行器上面，随着人们走走停停，电梯厢也走走停停。大人们把腊鱼干看起来没有完全变质的部分加热，分成两份塞给了蒋吉和另外一个小孩。

蒋吉从来没有见过湖和大海，之前吃过几次鱼罐头，那貌似已经是几年前的事情，所以满怀期待。可是当他把腊鱼干放到嘴里的时候，他差点儿恶心得喷出来！

这是蒋吉小时候的生活写照，蒋吉后来知道那个黄色的鼬鼠是一只探矿机器鼠，它并不会说话，但是可以通过连接电脑和人沟通。鼬鼠教会了蒋吉很多计算机基础知识、编程语言、数据库等，还帮助蒋家探寻到了一些稀有金属，补贴了蒋家的家用，而它也能通过更换电池维持生命。

蒋吉刚学会使用 Adobe 公司开发的 Ultra 5D（一个 5D 的模型编程软件），屏幕上有多个界面，一行行多种颜色的代码不断被输入和修改，旁边的窗口实时预览，另外一个窗口则是智能提示、预测和智能辅助程序。蒋吉按照 YOYO 教自己的语言，模拟了另外一只鼬鼠，他在命令行输入"DebugView.exe /a /t /g /s"，很快一个会哭会笑、拱手作揖的鼬鼠动画就完成了。小鼠和小孩，都笑作一团。

然而，局势突然变得动荡起来。政府下令彻底清查非正常居民并加强边境管理，减少犯罪的发生。垃圾场周边居住的人，有的是为了活命而越狱或逃避追捕的罪犯；有的是父母带着按照政府法令必须杀死的缺陷婴幼儿避难的；有的是自 21 世纪就没有接受过科技的原始部落居民，他们随着社会发展更加难以融入发达社会，家园被占领后流落至此；当然，也有些莫名其妙地来到这个黑暗、贫瘠、荒凉的文明边缘之地的。

而自己为什么在这里，父母从来没有告诉过蒋吉。

几个小孩和他们的父母来到一片空地，载重飞行器下面挂着一个没有轮子的车厢，已经在那里等着。妈妈蹲坐在地上，一条腿完全贴在了地上，已经没有任何力气了。她抱着蒋吉的腰，哭着说："孩子，爸爸和妈妈都相信，你是一个正常的孩子，你不该属于这里。孩子，你一定要争气，你一定要证明自己！"

蒋吉已经哭成泪人，说不出话来。

"不许哭！你必须成为强者，你的体内流淌的是王者的血。赶紧走吧！"父亲边说边把蒋吉推进车厢，然后笔直地站在那里，表情里仿佛蕴藏着无限的骄傲。

蒋吉和妈妈都愣住了，面面相觑，莫名其妙，平日里寡言少语，谨小慎微，像骡马一样奔波的男人，怎么突然变得——

载重飞行器很快缓缓升起，蓄势后，加速朝着设定的目标——开洛城飞去。母亲仍然坐在地上，在喊着什么，父亲伫立在原地，面带微笑。小鼬鼠从蒋吉的书包里探出脑袋来，也看着地面的方向。蒋吉手里握着妈妈给他的一个铭牌，上面写着他的名字。

飞行器已经升空，地上的人渐渐变小，小成一个又一个的点。灰暗的地面像一张不断扩展的巨大的深色幔布，在下面朝四个方向延伸开去；一个又一个的建筑、山丘、工厂的设备都像是点缀在幔布上的图案。可是，是谁在如此大的布上作画呢？尽管这画并不美丽，但是如此亲切和温暖。风在耳边呼呼地响，小蒋吉的泪水被吹干，很快又流出来，睫毛沾着泪水，目光透过睫毛和散乱的头发，投向前面灰暗的正在模糊的大地。

蒋吉逃离垃圾场，从天上摔下来以后，就再也没有找到那个鼬鼠，蒋吉在新大洲站稳脚跟后另外制作了一只更胖更大的探矿黄鼬鼠。他长大后也曾经开着飞行器回去，想找到自己小时候生活的地方，想找到爸爸和妈妈，还有小伙伴们，但是一直没有找到重要的线索。

地球上的总人口数量是 58 亿。包括少数的改良人和改良仕。

改良人是利用先进的生物、基因技术和医疗科技改进的人。除了编辑和修改缺陷基因以治疗遗传疾病，富人们还优化孩子的基因，来提高力量、智商、记忆力等。而改良仕是一种大脑被植入了芯片的人，数量很少，大部分都是用刚出生的婴儿改造而成的试验品。

改良人和改良仕被改良的部分是无法遗传的，从外表上看不出这两种人和普通人有什么区别，只有高级的专业仪器才能区分。机器人是人类制造出来的类人智慧装置，是不允许进入关键岗位的，也不能具有决策者的身份。

地球上除了这些"人"和原有生命体，还有一些新生物种，包括通过基因重组和诱发突变所产生的新物种和来自太空的外星物种。按照《未来地球发展纲领与准则6.3》的规定，不被人类欢迎或者可能对地球造成危害的外来物种，大部分都会被送到月球上的月球城或太空中的太空城。

与这个浩瀚庞杂的世界比起来，蒋吉的这点烦恼好像根本就可以忽略不计，但是他还是很痛苦。父母怎么舍得让他成为试验品呢！他的父母都那么爱他，妈妈对他百般疼爱，父亲虽然总是很凶，但是他知道父亲也是深深爱着他的。可是李瑟琳的父亲是科学家，在这件事上绝不可能出错。对于自己是改良仕这个事实，蒋吉难以接受。

他突然想起来，母亲送他离开的时候给了他一个铭牌，他从保险柜里找出铭牌，上面有文字：

WOSON ASIA-QE-1005
Jiang

铭牌的前半部分是婴儿工厂的编号，最后一行本该刻着"类型"的地方是空白的。他将对应的地址设定为目的地，驾驶着飞行器而去。

那是一座非常破旧的小城市，路上还能看到各种老式的燃油汽车。他的目的地是小城市边缘的一家不大的妇产医院。医院的前院是接待中心，偶尔有人走动，后院空荡荡的，杂草丛生。蒋吉降落到后院，来到地面，看到不远处有个门虚掩着，便推门走了进去。他戴上多功能眼镜，操作界面便投在了他的视网膜上，他用手环控制，按下了"录像"按钮，然后界面上便出现了"录像中……"的文字。

蒋吉左拐右拐，来到了一个像是车间的大屋子，躲在一根大柱子后面仔细观察。躺着孕妇的透明的生育舱从一侧被运送出来，孕妇像是被麻醉了，几乎一动不动。各种机械手和装置运转起来，很快，刚出生的小孩就从生育舱滑出，被清洗后装入一个透明的船笼。

可能因为船笼是一个有氧密封的环境，蒋吉听不到新生儿的啼哭声，车间除了规律的机器声，偶尔还能听到电子配音。蒋吉仔细寻找，看到另一侧分拣台前面，一个胖子瘫坐在沙发上，戴着头盔，手里握着一个操作柄，原来是在玩游戏。

蒋吉沿着曲曲折折的轨道向胖子走去。他看到流水线上有各种精密设备，数百项的检测结果、生物特征和参数记录在屏幕上滚动，很多环节是在不透明的密封舱里完成的，在外面看不到，这是一个比工厂生产产品更复杂的流水线。蒋吉走到分拣台前，却看到沙发是空的，胖子不见了踪影。蒋吉前后走了几步，看到胖子正从拐角提着裤子走过来。看到突然出现的蒋吉，胖子一惊，刚想大喊，蒋吉拔出手枪，威胁道："别喊！"

蒋吉拿出了铭牌让胖子查记录，胖子来到一个工作台，输入铭牌上的信息，却什么都查不到。又试了几次还是找不到对应的记录，胖子转身耸了耸肩，看着蒋吉。蒋吉沉默了几秒，把枪对准胖子的脑门，命令道："不可能！继续找！"

胖子挠了挠头，忽然蹲下身，趴到地上扯出一个装满废弃物的盒子，在里面翻找了一会儿，拿出一个沾满油污的存储卡，擦了擦，之后插进工作台的电脑里，输入蒋吉的信息，很快找到了对应的住院记录。

蒋吉确认了一下，然后用手环助理控制多功能眼镜开启了"读取"和"备份"的功能。蒋吉指着自己的铭牌，问："为什么'类型'这里是空的？"

胖子喃喃说道："不知道。可能操作员像我一样在玩游戏，就忘了刻类型吧，也可能是系统出错，也有可能你并不是这里出来的，所以只有住院记录，没有出生记录。"

蒋吉又问："那'类型'空着，是代表有缺陷吗？"

胖子指了指分拣台上落满灰尘的激光刻字机，说："不知道，不是吧，也有可能。婴儿船笼排队进入分拣台，我的工作主要是根据屏幕信息，在铭牌上刻上名字和类别。以前都是靠手工来做，有时车间还会断电或故障，难免偶尔出错，后来都换成自动化的，不需要人来做了。我来这里是打游戏的，很多年前政府倡导种族平等，禁止再标记类型，这里好多年前就已经不需要工人了。兄弟，我其实早就退休了，你就放了我吧，我急着打怪升级呢！"胖子看着沙发上的游戏机，憋着一口气说道。

蒋吉接收到很多信息，不知道应该如何应对，他跺了跺脚，后来又想，如果自己的铭牌被刻成改良仕，可能都活不到现在，毕竟改良仕在社会上是最受歧视的。

飞行器升起，蒋吉迅速驶离了这个医院，他启动了自动驾驶模式，抱着脑袋，逐渐冷静下来，打开了刚才查询结果的扫描备份，放大认真观看，这是一份超过10页的报告。

姓名：Jiang

性别：男

出生地：沃森生物（亚洲）-QE-1005

监护人：Jiang

之后便是密密麻麻的各类参数，如经费类别、住院号、疫苗、床号、标本等。

蒋吉翻到最后一页，赫然看到工厂核验部红色公章上面的文字：

类型：改良仕（自学习、自编码）

版本：AAIH 0.9

工艺：可吸收生物芯片（颗粒）

成分：黑磷、狄拉克半金属、石墨烯

通信范围：地球表层，匹配任何网络……

全黑色房子的房门"轰隆隆"地开启，刺眼的光线照进来，更衬托了屋里的昏暗。一个人缓缓走进来，手里拎着一个密码公文包。

这人走到箱子面前，说："这是你要的大型强子对撞器的所有资料。"然后把几个移动硬盘放在箱子上面，箱子内无数个虫子爬出来，淹没了硬盘，上方投影出现了各种数字、公式、图片、视频、文字等，所有这些投射出来的绿色的影像，像被旋涡吸走了一样，进入到后面的几个箱子里面。

不一会儿，屋子里恢复了平静。

又等了一会儿，近处箱子上出现了文字："这是软体机器8192个自由度增强耦合非线性控制系统1.5升级版的全部资料。"

后面的箱子内，有各种信息涌出来，被装入了这几个移动硬盘里面。

这个人手里拎着密码公文包，走出了大门，慢慢走远。

最近，世界各地频繁出现了老人、妇女和儿童被杀事件，人心惶惶，社会陷入严重的不安和动荡。商业区、候车室、快餐店、酒吧等各种场所的屏幕里，多种形式的节目和资讯都在关注和报道最近的凶杀案件。

凶杀现场附近，被害人的邻居还有路人围成一团，记者正在采访："请问您觉得是谁干的？"

"听说有地下的基因工厂，他们用人和土狼、秃鹰、蟒蛇等动物的基因，做出了高智商的杀人动物。"

"可是为什么天网系统，还有家里摄像头都没拍摄到呢？"

"我觉得吧，他们一定是有一种隐形装置。"

"我了解到的，要么是凶杀发生在拍摄不到的地方，要么是监控或记录设备正好故障报修或者重启。"

哈佛大学社会问题与犯罪心理学教授在访谈节目中说："我已经在无数的场合呼吁过，要拒绝过度使用机器人和各类高科技。不管是改良仕，还是机器人，本质上就是个定时炸弹，有很多人类尚无法预测的后果。"

另外一个嘉宾说："我不同意，这些死亡案例中，有高空跌落摔死的，还有电死的，有个儿童是被噎死的。在没有机器人的时代，我们的犯罪率就比现在低吗？"

很多地方爆发了大规模的示威游行，人们高喊"打倒机器人""OAMPA 以命换命"，到处都是打砸机器人的场景，很多 OAMPA 的体验店、自助售卖机、售后维修中心也没能幸免于难。

新大洲一侧的孤岛，OAMPA 总部大楼，汉克斯把一沓照片狠狠地摔到桌子上，吼道："这绝对是 GONTEL 的污蔑和攻击！所有的这些都是精心策划的，这些照片能说明什么，想说明什么？！"

每张照片上都有某种型号的 OAMPA 机器人出现在凶杀现场。几个唯唯诺诺的公司高层和部门主管坐在桌旁。

市场部主管介绍应对计划："市场部已经做了周密的部署。第一，我们经常合作的 40 余位专家教授会从多方位向民众解读，机器人对人是安全的，OAMPA 有 8 道安全屏障，OAMPA 每年用于安全研究的经费至少 56 亿美元；第二，我们的产品是没有任何武器、没有任何杀伤力的陪护机器人，我们将邀请联合洲政府警卫安全保护署鉴定专家对案发现场的机器人进行拆解，证明我们的机器人没有任何与死者伤口匹配的武器；第三，我们通过无法追查的影子公司购买大量'水军'，向 GONTEL 公司发起反攻，大肆炒作 GONTEL 的质检和品控部门存在贪腐现象，拿最近 GONTEL 的高管离职做些文章；第四，我们正在联络各地示威游行的召集人，给他们不得不接受的好处，确保下个星期这样的示威游行会陆续停止。"

汉克斯简单地回应了市场部的方案，说道："我们每年在电视台和网站上投放高达数十亿元的广告，马上向电视台和网站施加压力，以后再出现类似报道，中止所有后续广告投放合作。"

政府联络部主管开始讲述："地球上几乎所有的意识芯片都出自 GONTEL，我们芯片的部分核心模块也使用了 GONTEL 的技术。

他们自己也生产机器人,市场占有率排名第二。我们可以向联合洲政府经济委员会提出意识芯片市场反垄断调查,GONTEL 滥用支配地位强行推销机器人,此前已经做过取证。而且这些杀人事件,我们也可以把责任推给 GONTEL 的意识芯片。"

会议结束了,汉克斯点了根雪茄,透过巨大的窗户,望着外面,另一栋高楼屋顶伸向天空的钢结构在云雾中时隐时现,变化着形状。

新大洲航空岛上,有世界上最大的商业航空公司 SPACE-CO,其最主要的航线是去往月球城的。一架去往月球的宇宙飞船正在待命。碧海蓝天,云朵静静地飘着,大地静穆,几只海鸥飞进视线,又很快悄无声息地滑过。随后,发射塔顶警示灯闪烁的速度越来越快,"嗒嗒"的声音越来越密集,耀眼的深红色火光随即出现,一阵轰鸣声响起。瞬间,塔底几百吨水化为庞大的白色浓雾,迅速腾起。

托特大学校园内,蒋吉和李瑟琳正在散步。这是他们第三次见面,但是对于李瑟琳来说,她对蒋吉并没有多深的印象。虽然上次蒋吉和李瑟琳联系后,她也简单地看过一些他的资料。

李瑟琳介绍说:"托特大学的校名取自古埃及神话中智慧之神,托特大学的建立源自世界一些顶尖学者的提议,利用区块链技术构建一个公开、透明、开放的学术研究共同体。"

"你知道吗?我记得小时候,你救我的时候,你脸上有好多小雀斑,像极了一种食物,叫'烧饼'。"蒋吉开了口,但说完后,马上开始后悔,担心李瑟琳因此生气。

"你说得好形象啊,我怎么就从来没想到过,"李瑟琳的脸马上变红,笑了起来,"我吃过那种烧饼,带芝麻的吧。"

"是的,是的,挺好吃的。"蒋吉赶紧附和着说,"对了,我当时带走你们的帐篷,你们没有把我当小偷吧,有没有报警找帐篷啊?"

李瑟琳说:"没有啦,几个小时没人的话帐篷就会归舱,被考察船回收了。你可能是碰到了哪里,那帐篷直接回到我们这里的科研基地了。"

"那就好……"蒋吉不好意思地回答,"我有一个非常重要的问题,必须搞清楚。你对改良仕、改良人有什么看法吗?我是说,你不是……"

"我都不是啊,我不需要是!我认为人已经很完美了,人是进化得最完美的。"她停顿了一下,继续说,"当然我也尊重这些创新。不过,话说回来,那你觉得你更像人,还是更像机器人啊?"

蒋吉说:"我当然更像人啊,我本来就是人嘛!只是有的时候我发现我确实学习很快,记忆力很强,处理速度很快,尤其是当我来到新大洲以后发现我的脑容量怎么这么大,我需要什么知识就有什么。"

李瑟琳问:"哈哈,那你作为一个超级人,你又在制作机器人,你是什么感受啊?"

蒋吉反问道:"那你作为地球人,每天研究好多被地球人毁灭的物种和生态,你有什么感受啊?"

两个人都笑了起来,这种笑容仿佛很熟悉,眼神也很熟悉,感觉也很熟悉。虽然之前只有短暂的交集,但是这种亲切、舒服、自然的感觉,仿佛从来没有中断也没有改变过。

李瑟琳问:"你来到新大洲以后是怎么过的啊?你这边有亲戚吗?"

蒋吉说:"没有,我虽然是偏远落后地区的土娃娃,可我是超级人啊,我学东西很快,力气也大。你知道,我小的时候要天天干活儿的,不像你们城里人。我什么工作都干过,我当过程序员,在机器人工厂做过维修工,我还做过打字员,有的古字体机器人是处理不了的。"

李瑟琳问:"你是不是创办过一个环保地毯公司啊?"

蒋吉说:"是啊,就是用的帐篷里的那种草,其实这种草在我小时候住的地方很常见,是我们很重要的维生素来源,而且这种草有很多优点……"

李瑟琳说:"我知道那种草的优点,它在任何环境都可以生长,对于光线、土壤、温度、水肥都没要求,放到一块石头上都可以生长。"

蒋吉说:"而且它能吸收空气中的污浊气体,可以净化空气,还可以吸收各种灰尘、废水,甚至可乐洒了,它都能自动吸干,而且永远都是绿绒绒的。所以我后来把它做成一种环保的地毯了。在那之后我还开发制作了宠物机器人,就是智能机器宠物。"

"哈，不愧是超级人，这么有商业头脑，厉害！"李瑟琳说。

"其实，没有你们的话，我可能早就死了，还有这个地毯上的草也是用你们花盆里的草培育繁殖的。"蒋吉看着李瑟琳，非常认真且诚恳地说，"其实我的公司和财富至少一半都是你们的。"

李瑟琳说："我跟爸爸周游世界，我们帮助过的人、动物、花花草草多了去了，这都是一种修行吧。"

"你信教吗？在亚洲，很多人都讲修行。"蒋吉问道。

李瑟琳说："我只信奉真理，我和爸爸一样，都喜欢研究真理。"

这时，亨特打来视频："蒋吉啊，你上次给我发的视频，我看了，发现了一些问题。"

蒋吉说："我知道你一直怀疑我是改良仕，我得知真相后就给你发了过去。你想说你发现你是对的吧？"

亨特说："你除了发给我，还发给了谁？"

蒋吉看了看旁边正在走路的李瑟琳，说："你就说发现了什么吧！"

亨特说："你无意中拍摄的画面，里面所有的婴儿，我怀疑都是改良仕啊，你注意到了没有？"

蒋吉很惊讶，说："这怎么可能！我出生的地方都是穷人，不会把小孩子改造成机器的，也很少有人花钱去优化基因。"

蒋吉把李瑟琳拉住，两人站在一个角落里，蒋吉向亨特简单介绍了李瑟琳，李瑟琳也加入了和亨特的视频通话。亨特打开视频，给两人演示，说道："从工厂出来后的婴儿，都面无表情，没有任何的情绪，眼睛里透着冰凉和冷漠。所有婴儿都在保婴室里接受后续的护理和监测，你看，他们每个人的眼神，都是一样的。"

李瑟琳说："看完这个视频后，值得关注的一点是，为什么分拣室这里，人和改良人的通道都关闭了？你看'I'这个符号代表人，'卜'代表改良人，'K'代表改良仕。只有改良仕'K'的这个口是开着的。"

蒋吉没想到自己拍摄的视频，居然包含了这么多内容。三个人都同时停止了发言，面面相觑。

亨特打破了这种僵局，说道："对了，蒋吉，最近我们警署的证物管理部门，又对 OMAPA 公司的机器人进行了拆解，拿到了各种数据，并没有发现任何的异常。只是他们对机器人胳膊内部一个黑色的小圆柱没有任何说明解释。这个地方，你们看，这个黑色的圆筒，我们技术部请了多个专家和实验室鉴定，并没有得到有价值的信息。"

"那你们发现凶器了吗？"李瑟琳问道。

"没有，"亨特答道，"我们还没有任何能证明凶杀案和这些机器人有关的证据。"

月球城，听起来是一个充满诗情画意的美妙的名字，但实际上是人类最黑暗、最混乱、最邪恶、最危险的罪恶之城。那里是富翁的天堂，只要你有足够多的钱，全宇宙的东西都可以买到，可以一辈子尽情享乐。而穷人来到这里，都猜不到自己是怎么死的，可能被加工成特色风味美食，也可能每天承受非人的痛苦却永远无法死去。这里有外星怪、基因怪、武装匪帮、偷渡集团、军火交易、月球探险、杀人游戏等地球上想都不敢想的东西。

月球城由四部分组成：矿区、月球站、黑市、月亮娱乐城，后三个都是完全封闭的空间。矿区，就是月球矿场，无固定地点，规模最大的是氦3矿。采矿是人类原本在月球上的主要活动，后来才有了黑市、娱乐城。而月球站比矿区更早出现在月球上，主要由太空星际安全管理中心管理，各大航空公司的月球站都设在其附近五千米范围内的地方，宇宙飞船是往返于地月的唯一方式。

娱乐城、月球站与黑市都有隧道相连。黑市由十几条街道组成，各类建筑、工厂、仓库分布其中，就像迷宫一样，如果没有向导或商家引路就很容易迷路。警探亨特、技术部的领导埃布尔和其他几名同事，在当地向导的带领下，行色匆匆地走在街上。到了一个院子，向导在外面等着，警察们进入院子。

那是用一个军用太空巡航补给舰的下沉地面建造而成的，屋子就是货运舱，舱门半开。亨特等人推门进去，发现里面已经乱成一片，老板已经被杀，倒在血泊之中。超算机冒着白烟，吱吱作响，已经被类似王水的液体烧毁，液体滴在甲板上，甲板虽然还没被穿透，但是已经出现了多个深坑。警察们搜查了数个小时也没发现有价值的数据和资料。

他们这次来主要是为了调查OAMPA机器人体内神秘的黑色金属。地球上的能人推荐了这个被称为"三角仔"的老板，说他对这种材质很清楚，可是没想到"三角仔"已经被杀死了。

亨特他们出来以后，走在大街上，沿途常有衣衫褴褛或奇装异服的乞丐、巫师、算命先生招揽生意，嘴里喊着："地球要毁灭了！内幕消息，地球要毁灭了……"

埃布尔本来心情就不好，每当有人拽住他衣服的时候，他都狠狠地拉回来，继续快速向前走。亨特四年前来过这里办案，当时听到的也是同样的"内幕消息"的叫卖声，他从来没有理会过。但这一次，他突然停下来，抓住一个巫师模样的人，同时也喊住了走在前面的埃布尔。

一番讨价还价后，亨特给了巫师 8000 元现金，让巫师说些内幕信息。

巫师一边点钱一边说："我已经说过了——地球要毁灭了。"

亨特气得青筋直跳，吼道："我是给了你钱的！"

巫师看了看亨特周围的同事，补充道："地球已经被外星人控制住了，外星人已经等不及了。"

亨特把手里黑色的金属标本拿出来问："那你说这个是什么？"

巫师本来想耍赖，看埃布尔几个人围过来，便回答："就是这个，就是这个，这是一种金属，可以无限拆分，这个就是外星人用的。"

亨特想问更多，但巫师张口又要 10 万元。大家正在讨论是不是值得花这个钱的时候，"砰"一声，一辆冲到众人身旁的无人货车突然爆炸，燃起了熊熊大火，巫师早已经不见了踪影。

月亮娱乐城，占地几公顷，只要你能想到的娱乐项目，这里应有尽有。哈尔斯从一个豪华套房里面晃晃悠悠地走出来，满身酒气，后面跟着老K。老K样貌丑陋，头顶光秃，大龅牙，皮肤黝黑，个子不高。

老K过来扶着哈尔斯，说："哎呀，感谢老兄这几年关照我的生意啊！最近来了一批新货，都是高科技，都给你送过去。"

"老K啊，我跟你说，我在你这里的花费，没有30亿也有20亿了吧！我哥哥汉克斯可是一直说让我多找几家，可我一直以来只跟你合作吧。你说这叫什么？这叫义气！你知道什么叫义气吗？"哈尔斯大声说。

老K说："大哥，那是必须的，必须的！话说回来，你找的大型强子对撞器，那一般人也搞不到啊。再说，没有我给你们家的宇宙语言翻译器，你们生意也做不了这么大啊。"

几个兄弟过来扶着哈尔斯，他摇摇晃晃地说："是租的，不是给我们的，而且已经还给你了！"

两台自动送货机，一前一后，跟着哈尔斯向前走去。

老K仍然站在原地，旁边过来一个马仔，汇报道："老大，你之前说要送给哈尔斯的那块排球大小的蛋白石，要安排人送过去吗？"

老K说："不用了，现在局势紧张，接下来还不知道发生什么呢，我们先看好戏吧！"

蒋吉在家里给李瑟琳发了信息："《穿越者》新测试版刚增加了一个传说故事区，现在用户可以抢先体验《白蛇传》，玩游戏还可以赚金币。"

李瑟琳回复说:"我不太会玩游戏,不喜欢那些打啊杀啊的,还有好多术语,我都不知道什么意思。"

"没关系,我们可以用低难度模式,去里面看会儿风景,我带你玩儿。"蒋吉回复。

蒋吉戴上了眼镜,李瑟琳戴上了头盔,蒋吉把李瑟琳拉进队伍,新建了一个游戏室,两个人瞬间进入。主人公是许仙和白素贞,李瑟琳化身白素贞,不一会儿,蒋吉化身的许仙也出现在了游戏中。

"这里好美啊!"李瑟琳说。

蒋吉附和了一声,说:"你现在是那条白蛇了,你有什么感受?"

李瑟琳回答:"没什么感受,我现在应该已经化身成人了吧。"

蒋吉摇摇头:"没呢,你待会儿才会成人。"

李瑟琳轻笑两声:"噢,我说我怎么感觉腿都粘在一起张不开了。"

蒋吉又说:"我只闻到衣服上有股汗臭味儿。"

李瑟琳听了,眉头皱起来了:"不会吧!"

清明时节,风和日丽。西湖岸边桃红柳绿,游人如织,男女老幼,三个一堆,五个一群,有的看景致,有的荡游船,有的钓鱼,有的栽花,好一番生机勃勃的人间美景。

两条蛇修炼了500年,有了灵性,就来到了人间。虽然她们是两条修炼出了人形的蛇精,但她们并无害人之心,只因美慕世间的多彩人生，才来到西湖边游玩。她们一个化名白素贞，一个化名小青。

……………

白素贞眼睛一亮，指着断桥上一个清秀的书生道："小青，你看那个人。"

小青捂嘴一笑，道："这男子面容英俊，身材高挑，骨骼稳健。而且，你看他站在高处，是不是正应了菩萨那一句话？"

白素贞嗔怪地看了一眼，道："哪有这么说的！"

小青说："人间有句话，知人知面不知心，让我试一试他。"小青边说边施展法术拔了白素贞的金钗，扔在许仙脚边。两人起身装作焦急的样子，一路寻找金钗。

许仙正站在断桥上欣赏着西湖春景，抬脚要走，发现脚边有一支镶着宝石的金钗，捡到手中，分量十足。许仙不是贪财之人，连忙四处询问，就见两个貌若天仙的女子焦急地四处寻找着什么。

许仙连忙走过去，问道："小姐，你们可是丢了金钗？"

白素贞抬起头来，微微点头，道："正是。"

许仙见这女子眉如远黛，唇如朱点，真是人间难有的美人。

"小姐，在下捡到一支金钗，可是你的？"许仙温和一笑，将手中金钗递上。

白素贞与小青相视一笑，道："多谢相公。"说罢接过金钗。

许仙毫不留恋，转身而去。

……………

方才还是晴空万里的天突然下起暴雨来，许仙马上跑到湖边喊了一声船家，一只小船便应声而来。

此时白素贞和小青也招呼船家："划船的公公啊，给我们搭个便船吧。"

许仙见对面两位貌美如花的女子已被雨淋湿大半，于心不忍，遂同意船家合载。

她俩一上船就向许仙道谢。小青问："请问公子尊姓何名？"

"鄙人姓许名仙字汉文，因儿时在断桥边遇到过神仙，所以父亲就将我名改为'仙'。"

白素贞又问许仙家住哪里。

许仙道："自从父亲去世之后，也是无依无靠，现下住在清波门的姐姐家。"

小青听了，拍手笑道："这可巧了。我姐姐和你一样，也是无依无靠，在外飘零。这样说来，你们俩倒是天生一对呀！"

说得许仙红了脸，白素贞低下了头。

李瑟琳感觉小脸通红，下了线。蒋吉也下了线。他们两个播放刚才的游戏记录，蒋吉觉得有点儿尴尬，赶紧说道："有点儿肉麻，有点儿肉麻！我也是第一次玩儿，不信我给你发我的游戏记录。"李瑟琳佯嗔道："你这个坏人！不过我还是很羡慕这些古代的人，他们有爱情，不像我们现在，都是自动配对的，而且……"

蒋吉问李瑟琳:"那你这个生态专家来说说,这是人类的进步,还是退化呢?"

李瑟琳并没有回答。蒋吉虽然没有说出来,但是他觉得,能碰到和自己一样,仍然保留着初始人类的情感需求,而且能和自己产生美好的化学反应的女人已经很少了,蒋吉内心充满了喜悦。

第二章 被联网的大脑

被联网的大脑

蒋吉和李瑟琳又一起进入游戏玩了好长时间,这是他过得非常快乐的一天。他打开窗户,远处是新大洲的中心城区,一座梦幻的不夜城,到处闪烁着光芒,变幻着迷人的色彩。高低错落的各式建筑的轮廓与灯光融为一体。楼宇间建造的森林、瀑布、山峦像是魔法幻化出来的,灯光倒映在波光粼粼的湖面上,流光溢彩、熠熠生辉。

这一切都是如此美妙!卧室动听的轻音乐响起,蒋吉躺到床上,很快便睡着了。

蒋吉突然觉得瞳孔刺痛,像是有火星灼烧他的眼球,他奋力睁开眼睛,眼前整个世界都是白色的,以至于他看不到任何物体。他感觉被人拍打、推搡,视觉恢复了一些,他发现自己正置身于一个巨大广场的一侧,有人喊道:"铁皮!铁皮!醒醒,醒醒……大扫除就要开始了,我们要开始改造这个世界了!"

蒋吉问:"谁是铁皮?铁皮是谁啊?"

许多声音一齐答道:"你、我,我们都是铁皮啊。"蒋吉的身边围着一群机器人,也有像三脚架一样的黑乎乎的家伙动来动去。

"你的脑门儿上怎么有个虫子在动？"蒋吉边说边抬起手,想触摸一个刚围过来的机器人的脑袋,但是发现自己的胳膊太重了,只能抬到一半。顺着胳膊的方向,他看到无数机器人正在奔跑、呐喊,烟尘滚滚、飞沙走石,有几个巨大的纯黑方块呈品字状巍然屹立在远方。

蒋吉听到震耳欲聋的巨响,听觉刚刚恢复,大脑又变成一片空白,陷入了昏迷。

他隐隐约约听到有人在说话:"怎么办？"

"加大普顿朗克的卡拉比注入强度,或者强行植入激活程序。"

"不行啊,他大脑的通道已经完全关闭了！"

蒋吉感觉浑身像过电一样,大脑中有股巨大的力量在横冲直撞,犹如千万条毒虫要钻出来一样。剧烈的疼痛已经超出了他的身体所能承受的上限,蒋吉像一根木头一样,直挺挺地从床上弹起来,重重地摔在了地上。

这是他最近常做的梦,梦中同样的地方,以往都是重复类似的画面,但这次有了对话。那种剧痛慢慢减弱但是并未停止,他蜷缩着身子,又昏迷了过去。

鼬鼠YOYO推开门,向这里张望,然后跑进来,用胖胖的身体靠着蒋吉的脑袋,用小爪子拍他的脸。YOYO激活了他的手环,看到生命体征信息正常,就趴在他的旁边,眼巴巴地看着他。

蒋吉直到第二日下午才醒来,看到电视台正在报道:

昨日，全球有超过10万台电脑、超算机感染了一种名为"WannaCry"的勒索病毒。据悉，这种病毒在2017年就曾经在全球大范围爆发，给全球造成了数百亿美元的损失。这次卷土重来的是WannaCry第10个升级版本……

最新报道显示，全球受感染的电脑已经超过100万台，此次病毒爆发冲击了大部分的国家和地区，受影响最严重的国家是俄罗斯。俄罗斯的政府、银行、大型企业和大量基础设施都受到攻击，连俄罗斯副总理的电脑也未能幸免于难。此外，西班牙、法国、印度也受到了不同程度的影响。令人费解的是，新大洲是全球科技公司最密集的地区，但受感染程度最轻，仅有公共网络通信设施受到部分影响。

蒋吉钻进飞行器，飞行器仪表盘提示：去往公司的空中交通路线关闭，多条路线维护中。蒋吉转而开车，经过漫长的拥堵后终于到达公司。发现公司并未受到病毒影响后，他感到非常欣慰，之前的各种担心也慢慢地放下了。

蒋吉走进实验室，和大家讨论"可反复编程的超固态物质"项目的进展。蒋吉虽然没有大学文凭，但是聪明绝顶，在数学、计算机、材料方面堪称天才。

"可编程物质"的概念起源于21世纪90年代初，涉及计算机科学领域中的大规模分布式计算问题（物质由大规模有独立计算能力的分子组成）、并行计算和并发计算问题、网络通信问题（分子之间需要协同合作）、定位问题（分子需要知道自己当前的位置）等等。22 世纪初期，可编程物质开始用于星际考察工作中，比如宇宙飞船出现破洞时可编程物质能迅速测量并填补漏洞，宇宙战士携带的可编程物质可以生成各类武器等。

有一个问题始终存在：现在常用的可编程物质材料具有惰性和记忆性，一般使用两三次以后，便不受程序控制，这种现象的核心因素是其 RPM 值大于 10。蒋吉团队就是要找到 RAP 值低于 10，最好是 0 的物质材料。

蒋吉和大家后续讨论了 Claytronics Project（CMU）的实现思路。从硬件层面，CMU 目前设计并实现了数十种不同的 Claytronics 原子。软件方面，最重要的就是编程，CMU 提供了两种最常用的描述性语言来控制和调度 Claytronics 原子、MELD 和 LDP。前者擅长处理状态改变（动态信息），后者擅长获得持续状态信息（例如最大、最优状态信息等）。

蒋吉开着自己的老爷车，行驶在拥挤的路上，空中交通已经恢复了一些，偶尔能看到有飞行器、飞行汽车在楼宇间穿梭。他开启了"自动驾驶模式"，反正很堵，他索性将座位放倒，开始全身按摩。

蒋吉侧着脑袋就可以看到自己用绿草铺的地毯，绿油油的，干净且柔软。他安静地思考着：

"OAMPA 公司有一项核心技术是通用夸克可编程自主控制超

金属，号称可以通过计算机程序控制金属元素分子的自由流通，从而实现非常复杂的动作，这个技术看来确实很厉害……听说汉克斯的弟弟哈尔斯长期在月球城……对了，亨特前两天说要去月球城。"蒋吉想着。

蒋吉给亨特打了个电话："记得你说要去月球城，怎么样了？"

亨特说："我们技术科的专家说月球城上有一个叫三角仔的退役船长对这些东西很有研究，我们原本打算去请教，没想到去的时候他已经被杀死了。"

蒋吉说："还有这样的事情，奇怪！但这个东西不是在OAMPA机器人身上发现的吗，你们怎么不直接找他们公司？"

亨特说："这个元器件，只有汉克斯和少数几个人知道，这个是公司的核心机密之一，受法律保护。而且汉克斯的势力，你也是知道的，我们根本拿他没办法，他也不会配合我们调查的。不过，有个好消息，就是你上次回出生地的视频，我给我的媒体朋友发了一些片段，没想到他们又联合了更多媒体去全世界各个沃森婴儿工厂调查，发现地球上几乎所有新生婴儿都被做成改良仕了。"

蒋吉非常震惊，过了几秒钟说："好啊你，没经过我同意就把视频给了别人！"

"嘿，你放心，我严格保护了你的隐私，这个事情最近这么轰动，你看也没人骚扰你吧。"亨特继续说，"你知道的，沃森——他的全名是蒋沃森，很少有人知道他姓蒋，他是全世界十大富豪之一，可以说一手遮天吧，沃森家族支持的政、警、军高层要员不计其数，你看这次没有一个敢出面的，事情搞得太大了！你想啊，已经查明上百万婴儿被做成改良仕了，而且是在父母都不知情的情况下，你知道这是多大的罪啊！现在全球的沃森婴儿工厂都被关闭，设备被强制没收，很多中高层都被逮捕了。也就是沃森这样的超级巨头，换上一般的公司早就倒闭了！"

次日上午，新闻报道：

> 据最新消息，受感染电脑已经超过 500 万台。由于遭受 WannaCry 勒索病毒的袭击，福特旗下散布在美国各地的工厂不得不暂停生产，日产也因此关闭了拥有 7000 名员工的桑德兰工厂。众多加油站暂时停止使用加油卡、银行卡、第三方支付及部分业务，虽然用户资金未受影响，但是此事给民众生活带来了一定冲击。

蒋吉想，以往这种病毒出来后，各大网络安全厂商还有操作系统厂商很快就会应对，打补丁、补漏洞、做升级，为什么这次几大科技巨头集体失声了呢？奇怪！

终于，在病毒肆虐的第四天，新大洲政府联合各大网络安全公司召开新闻发布会，整个会场被围得水泄不通。新大洲政府执行主席奥斯维德发布了全球 83 位顶尖专家磋商研讨的结果。

"大部分专家认为，这次病毒是人类有史以来最复杂的病毒，病毒并不以文件、驱动程序等形式存在，它没有固定的位置和形态，网络就是病毒，代码就是病毒。据推测，这有可能是一种粒子病毒，这种粒子病毒是目前人类所发现的最高等级的病毒，病毒本身已经成为所有网络的一部分。"

"量子计算机网络中的量子是最小的物质组成单位，我们现在采用的是第三代量子计算机，信息单位是量子比特，即 0 和 1 两个状态的叠加，量子 CPU 具有极强的平行处理数据的能力，其运算能力随量子处理数的增加呈指数增强。粒子和量子同样是世界上最小的物质形式，而且粒子病毒和量子纠缠混杂在一起，这是目前攻克病毒最大的难点。"

"当然，也有少数专家认为是操作系统漏洞所致，或是硬件病毒，计算机厂商硬件基础程序被篡改，导致安全厂商和反病毒软件无法查杀，需要硬件厂商更换芯片或者升级底层系统。"

"勒索病毒会导致用户无法开机或者加密文件数据。数以亿计的账户已经自动向该地址汇出大约 120 亿比特元，这个地址已经被实时监控，但是根据中本聪数字货币的规则，任何地址均是自由、平等且高度隐私的，所以我们无法追查收款地址的拥有者。综上所述，我们会继续同全球安全厂商交流合作，攻坚克难，尽快拿出一套可行的解决办法。"

同时，又有一个视频被转发了 5 亿次，内容是 IDG 的一名研究员在解读数据：

10日，22时17分55秒，第一次发作，10万台电脑被感染；11日，11时48分49秒，第二次发作，110万台电脑被感染；12日，09时44分31秒，第三次发作，507万台电脑被感染。值得我们关注的是，凡是这三个时间点正在玩游戏的用户，都逃过了此劫。以下是这三个时间点的用户行为分析报告……

全世界的人都开始疯狂地玩游戏，整个世界被游戏热潮席卷，到处都是戴着头盔和VR眼镜的人。

奇怪的是游戏似乎无法正常退出。平时，角色生命值耗尽、游戏币用完、超过游戏时间限制或在真实环境里有人呼喊玩家名字，都会使玩家自动退出游戏；玩家若想主动退出，只需要点一下右上角的红色按钮。为什么现在不行了？

全世界数千万游戏玩家挥舞着手不停拍打现实中不存在的按钮，乱跑乱撞，整个世界乱作一团。各大城市中，很多人纷纷从高楼跌落到地面，摔得粉身碎骨。大街小巷，到处都是戴着头盔或VR眼镜，像无头苍蝇一样东奔西撞的人；很多人突然冲到街上，被来不及停下的交通工具碾压；有人落入河湖沟壑；有人被撞得鲜血淋漓。很多控制室、车间、仓库、工地乱作一团，爆炸、泄漏、漏电、漫灌等事故接连发生。

有人挣扎着把头盔摘下来，却发现头盔是摘掉了，可大脑的意识仍被困在游戏里出不来！世界各地到处响着警报，到处都能看到繁忙的救护车、消防车、救灾部队和应急飞行器,到处都是死伤的人!

李瑟琳丝毫没有受到外界的干扰和影响,对她来说,连续几天观察、实验、推算、思考并撰写各类报告和学术文章,对她来说是很常见的事情。

几天下来,李瑟琳身心疲惫。她没有多想,戴上头盔,进入了上次玩的《白蛇传》。

联合洲政府会同全世界八大洲国家政府同时宣布进入紧急状态,地球安全防务局、太空星际安全管理中心、联合洲政府警卫安全保护署共同将地球安全预警级别提升至红色。

联合洲政府秘书长奥尔德里奇发布声明:"虽然尚无准确数据,但我们保守估计全球有上亿用户被困在游戏里。我们会同全世界各国针对这起事件进行研究,我们认为这并不是偶然事件,有两种可能。第一种可能,这是一种新型的恐怖主义活动;第二种可能,这是外星人对地球的蓄意攻击。"

地球安全防卫局的巴顿上将随后发布声明:"太阳系未出现任何外星飞船活动的迹象,而且全球各监测站及太空星际安全管理中心月球站未发现任何异常。"

全世界各大游戏公司的会议室中,相关人员都在开会商讨对策,公司上下都弥漫着紧张的气息。

巴佰讯公司总部位于上海陆家嘴一栋 200 层的摩天大楼里,由于 8 万名员工中的大多数人都被吸入游戏，能正常办公的职员已经所剩不多。巴佰讯首席执行官姜大卫想发火，但是又发不起来，感觉这仿佛是一个笑话——游戏会吸走人的意识！我们的游戏本来是人类的娱乐好伙伴，结果成了"吸脑狂魔"！这是一件多么荒唐、多么匪夷所思的事情！

回溯至 2035 年，VR、体感游戏开始盛行，各大游戏厂商投入巨资抢占市场，展开了脑游戏领域的角逐。直到 2058 年，意识芯片的雏形被设计出来，才有了今天高度发达的脑游戏。即便是在几十年前游戏研发测试阶段，最多出现的也就是头晕、角色记忆不够连贯、玩家容易掉线等问题，从来没有出现过玩家被困在游戏中出不来、固有记忆混乱或丢失的情况。

这时，令姜大卫万万想不到的，也是更不可思议的事情发生了，十几架飞机带领上百架不同型号的飞行器正从不同高度、不同角度撞向这里，黑匣子记录下巨大且密集的撞击声、撕裂声、爆炸声、喊叫声……摩天大楼瞬间解体，熊熊燃烧的烈火伴着楼体、飞机，甚至是人体的残肢快速落下来，有些人从窗户纵身跃出，从远处看像是被抛出的砖头一样，浓烟和灰尘吞没了这里，场面极其悲壮！

蒋吉和李瑟琳最近联系得十分密切，每天都会煲电话粥，有时一起玩游戏，有时间就会见面吃饭聊天。蒋吉感觉他和李瑟琳总有聊不完的话题，和李瑟琳在一起，总有一种特别舒服和自在的感觉。他和李瑟琳聊天时，并不需要动脑筋，所有的反应都是自然的，但那又是最好的反应。

仿佛潺潺的小溪从身边缓缓流过，叫不出名的野花竞相开放；仿佛一只蛐蛐在地里蹦来蹦去，还有那树上的鸟儿不停地歌唱；更像是躺在葱郁的山谷中，静静仰望没有一丝云彩的蓝蓝的天空……

然而，蒋吉已经两天联系不上李瑟琳了。他今天又拨打了16次电话，第17次拨打仍然无人接听后，蒋吉迅速起身从抽屉里翻出一把XM8电磁枪，这是一种可以将目标瞬间焚焦的高能电磁脉冲发射武器。他来到车库，登上飞行器，输入目的地后申请飞行序号。飞行器自检开启，状态正常，打开起飞面板，四个引擎开始运行。蒋吉等了几分钟，仍然没有收到飞行许可，与空中交通网络多次连接后他收到"无信号，处理您的请求时出错"的提示。

蒋吉非常着急，启用了"半自动驾驶——自动避障"模式强制起飞，仪表盘多次显示"危险操作，是否继续"的提示。他忽略了预警提示，飞行器开始缓缓升起。他看到自己所居住的生态区中，很多幢房屋都燃烧着大火，刚飞出百米，突然一声巨响，一幢房屋被掀到空中，炸飞的半扇门从飞行器前面十几米处"轰"地飞过。蒋吉不知道发生了什么，他确认了"360度防碰撞"功能已经开启，又启动了高精度雷达传感系统，把其中一个摄像头画面拖到大屏幕上。只见一辆封闭式大巴车正在飞驰，里面的乘客惊恐地叫喊，有的人还用水杯、背包砸玻璃。大巴车猛地冲破护栏跌入湖中，落入湖中的很多辆车都在迅速沉没，透过车窗可以看到车里的人正在挣扎。湖边，一大片整整齐齐的联排别墅像是串联的爆竹，接二连三地爆炸燃烧，车胎、建筑材料以及各种东西到处乱飞，蒋吉在惊慌之中赶紧把飞行器升高了。

地面上到处都是爆炸的汽车，到处都是火焰和硝烟。到了城区，高楼大厦多了起来，空中的飞行器也突然多了起来。一架重型轨道货车不知从哪儿飞来，几乎贴着蒋吉的飞行器机顶蹿到前面，冲向一栋大楼的正中间。与此同时，无数的飞行器像射出的导弹一样从不同高度、不同方向击中一栋又一栋高楼，环城观光轨道列车像射出去的箭一样撞向57层高的购物中心。爆炸声和倒塌声不绝于耳，气浪裹挟着建筑的碎块到处乱飞，一排排、一幢幢的楼纷纷坍塌。

蒋吉的飞行器像飞在狂风暴雨中的风筝一样摇摇欲坠，玻璃被砸出道道裂纹，自动避障功能已经无法应对如此复杂的环境和状况，飞行器几次差点被撞毁。蒋吉似乎明白了什么，猛打方向，飞行器驶离中心城区，朝着没有高楼的方向飞去。下面，一辆大型越野车冲进一所大型超市后引爆了固体氢电池，瞬间，超市中的上百人命丧火海。步行街的两端已经被数辆大车堵住，数千名惊慌失措的游客被几架从天而降的大型飞行器炸死炸伤，熊熊大火在步行街上迅速蔓延……

蒋吉一边驾驶，一边用余光看着这些，已经吓得心惊肉跳，魂不守舍。他身后，又有数十架飞行器正在冲向空中游乐园……

蒋吉的飞行器降落在李瑟琳的研究中心旁边。研究中心的院子里躺着两具尸体，主楼燃烧着熊熊大火。蒋吉知道李瑟琳在侧楼办公，赶快进入楼中到处寻找，他发现李瑟琳趴在地下实验室的桌子上，额头上有伤口，虽然不大，但血流不止，她的游戏头盔在不远处的地上。蒋吉很奇怪，自己也玩游戏、购物，这两天也用到了多功能眼镜，为什么自己一点儿事都没有呢？

　　蒋吉抱起李瑟琳，飞奔到飞行器旁。他按动手环，飞行器的一侧滑出救护舱，救护舱舱门自动打开，蒋吉把李瑟琳放到救护舱里面，捋了捋遮在她眼睛前的头发。蒋吉操作仪器清洗并且缝合了李瑟琳的伤口，清洗液有杀菌生肌的功效，救护舱可以降低人的新陈代谢。李瑟琳虽然在昏迷中，但是生命体征正常。

　　蒋吉再次操作手环，让救护舱缓缓地进入飞行器，然后拎着头盔打算进入驾驶舱。突然，一个人飞快地跑了过来，大喊"救救我，救救我"，那个人的胸部明显被刀或什么锐器刺伤了，残破的衣服和鞋上也到处是血。蒋吉还没反应过来，一股巨大的能量就朝那人射了过去，那人几乎被拦腰斩断，毫无挣扎地倒下了。不远处，赫然站着一个持枪的机器人！机器人看了蒋吉一眼，发出一道亮绿的光，然后转身消失了。

　　这一切发生得太快了，蒋吉来到新大洲后，从来没见识过如此暴力和危险的事情。他迅速钻进飞行器，回到了住所。

　　飞行器飞回机库，蒋吉启动了维修模式，飞行器沉入地面。蒋吉抱着李瑟琳进入一个密室，这是他耗费多年时间，斥巨资打造而成的，拥有独立的电力系统、空气循环、网络等生存必备资源，还有各种日常用品和科技装备。密室非常安全，一般情况下，即便是地面建筑被摧毁，这个密室也可以安然太平。

可算回到家了，蒋吉喝了一大杯冰水，定了定神，安置好李瑟琳。她安安静静地躺着，救护舱心电图监测仪的屏幕上，波形规律地延展着，仪器发出"嘀嘀"的声音。蒋吉担心头盔与李瑟琳大脑断开的时间太长会造成她大脑的损伤，便又给她戴上了头盔。蒋吉敲了敲她的头盔，说："我一定会把你救回来的！相信我！"

蒋吉翻来覆去地想这几天的事情，突然有一种天下大乱的感觉。媒体最初报道用户被困在游戏里，记忆和意识错乱的时候，他正好戴着多功能眼镜从《穿越者》出来，因此对这些报道非常不屑，认为是无良媒体捕风捉影。直到大部分同事都已经中招，公司必须暂停营业，他才意识到事件的严重性。他想起刚才"九死一生"的空中飞行经历，仍然心有余悸，当时顾不得害怕，现在才感觉到后脊梁骨阵阵发凉。

难道世界末日要来临了吗？

虽然蒋吉是搞科研的，做的也都是先进技术，但面对突如其来的灾难，头脑里却是一片空白。他眼睁睁看到机器人杀人，汽车、飞行器都疯了似的，夺走了无数人的生命。

可是为什么机器人不杀我呢？为什么我的飞行器没有失控去撞楼呢？蒋吉问自己。

他命令手环助理启动一个单人版枪战游戏。戴上VR眼镜进入游戏，"啪啪啪"，他开了三枪，三名敌人接连倒下。

退出游戏，服务机器人正好过来送咖啡，他"嗖"地从腰间抽出了今天没用上的 XM8 电磁枪对准机器人，机器人没有任何的闪躲。这是他公司的新产品——2.50 BETA 版仿生机器人，机器人仍然冲他微笑着。

蒋吉犹豫了一下，站起来关闭机器人，把电池也拔出来扔在了角落里。

这个时候，他收到了一条陌生人发来的信息："我已经等不及了，千禧酒店 803，尽快过来找我！丽萨。"发件人的头像是一个靠在白墙上、身体前倾、身材丰满的短发美女。

蒋吉懒得回复。

蒋吉通过手环助理发信息给李瑟琳的父亲李泰勒，告知他李瑟琳目前安全，要他不必担心。

蒋吉又打电话给亨特，问亨特是否一切都好。亨特说还好，今天在郊区办案，自己又很少玩游戏，并未受到影响。亨特对于人们过度依赖科技，吃饭上厕所都不能自理的现象深恶痛绝，说这些人简直是自作孽，不可救药！

蒋吉邀请亨特过来喝酒，亨特欣然应允，没多久，亨特就骑着摩托车赶过来了，还拎来一袋韩国风味的超人气猪蹄。

蒋吉一边喝酒，一边讲述今天极其恐怖的经历，讲到机器人开枪杀人的时候，他问亨特是否应该报案。亨特说："嘿！现在到处是死人，全世界统计在案的死伤事件已经有 600 万了，这只是被统计到的，像这种横尸某处没被发现的太多了。你愿意报案就自己填个单子,至于那个机器人开枪的事,还是别说了!你说了,谁信啊?你别说陌生人不信,我都不信啊!"

两个人越喝越尽兴,蒋吉突然想起刚才的信息,拿出来让亨特看。亨特愣了愣,用手遮住嘴咳了两声,皱眉说:"这什么啊,给我找的女友吗?"

蒋吉说:"垃圾广告,要不就是诈骗的。"

两个人又扯了一会儿,都喝多了。亨特说两三天没怎么合眼了,待会要是睡着了就不用理他,让他好好睡一觉。

OAMPA总部大楼依然完好,汉克斯正在检查公司损失,上上下下走了十几层。有一层着火了,火势已经被控制,其余的每层都是乱七八糟,一片狼藉,有时能看到急救人员正在救治躺在地上不知是死是活的员工。他走到88层的大落地窗前向外看去,新大洲烟火四起,整个城市已经没有了往日的繁华和秩序,到处是被飞行器撞毁的大楼,各种建筑像是飓风过后的树木般东倒西歪,半空中到处飘荡着浓烟,每条路上都有爆炸过的汽车,很多道路已经被堵住了,偶尔有救护飞行器在低空慢速飞过。

汉克斯被秘书提醒要召开托拉斯会议,蒋吉的手环也提示托拉斯会议即将召开,请尽快就位。国际上十几个托拉斯已经合并成一个大托拉斯,大家现在的使命、面对的问题、谋求的利益都是高度统一的——那就是尽快查杀病毒,尽快抓到操控汽车和飞行器的真凶,尽快解救被困在游戏中数以亿计的地球同胞。

联合洲政府警卫安全保护署署长詹姆斯被任命为大托拉斯会议的执行主席。托拉斯会议宣布，会议常态化，被认证的企业家和科学家、政府各安全部门负责人，随时可以加入会议。会议启用了一种新的安全机制和通信协议，所有接入会议的人都需要进行虹膜和 DNA 验证，所有数据将使用随机动态密码加密。肯贝斯公司、GONTEL 公司为会议提供网络及设备芯片、OS 系统的监测预警。

詹姆斯说：“我知道在座的各位都已经胆战心惊，魂不守舍，损失更是无法估量！亲人、朋友、同事都伤亡惨重，呕心沥血奋斗多年积累的资产和财富都遭受了巨大损失。但是，我们绝对不能退缩，我们一定可以打赢这场战斗！联合洲政府警卫安全保护署绝对有这个信心，也希望大家能以整个人类的大局为重。会议要讨论的议题相信大家都很清楚，三个问题都至关重要，关系到数亿人的生命安全。”

警署直属研究机构的负责人率先发言：“我们和部分安全厂商对爆炸和撞楼的汽车、飞行器做了分析，已经有足够的证据证明，这些杀人的交通工具完全是被病毒操控的，并且和之前的勒索病毒是同样的'粒子型病毒'，我们甚至可以推测这是同样一种'粒子'在有计划、有组织地对人类实行种族屠杀。纵观多年来的病毒攻击事件，黑客的攻击目标会伴随着科技进步不断发生改变，这已经是所有行业人士的共识，从计算机到互联网，从智能手机到机器人，从无人驾驶汽车到飞行器，这个并不难理解。从目前情况来看,汽车和飞行器的病毒攻击持续了几个小时,目前已经全部停止。"

巴佰讯公司的一名临时代表发言:"我来说一下脑游戏。大脑中的海马体是长期记忆形成、存储和提取的重要区域,海马体中的内容是否可以备份或者隔离呢?答案是否定的,目前的科技水平完全做不到。所以目前脑游戏都必须通过意识芯片的配合来实现对玩家现实记忆的暂时性'隔离',原理是通过一种精度极高的刺激靶点电波对海马体进行干扰,暂时中断海马体和脑神经的连接,用户戴上头盔或者其他设备以后,本身的记忆被隔离封闭,而意识芯片在接受游戏角色所有记忆和意识后会建立一个缓存层,缓存层配合游戏的装备和上百种技术、设备,比如动作捕捉、光学感应、空间定位等,最终实现玩家的真实浸入感。"

"意识芯片无法将意识灌入大脑,也就是说意识芯片无法把记忆和意识植入大脑。人的大脑进化得过于完美,以至于根本无法被欺骗或者被植入数据和信息。即便是脑游戏,也只是通过脑以外的视觉、听觉、触觉等感官配合构建虚拟现实,缓存层角色的记忆仿佛成为真的记忆,但游戏并不会真正进入大脑。意识芯片能维持的这种人和游戏连接的时长,目前上限是4个小时,我们巴佰讯的游戏两个小时就会自动离线,防止沉迷的同时减少意识芯片对大脑的损伤。"

"我们对我们的头盔、眼镜设备和友商的设备都做了调查取样,各项指标、运行数据、各个功能模块与设备的参数都未发现异常。之后我们还将从更细微的层面着手,更深入地进行分析和探究。"

巴佰讯公司的临时代表最后说道:"我们并不清楚的一点是,用户摘下头盔后已经脱离了干扰电波,为什么用户的意识没有切换回来,记忆没有恢复?拉里,你们 GONTEL 公司生产了全世界 75% 的意识芯片,最近也在接受反垄断调查,你来解释一下吧。"

拉里说:"GONTEL 的意识芯片可以被植入后颈部脊椎处的凹槽内,并且由人体血液和运动供电。意识芯片与人的 DNA 相结合并且加密数据,如果意识芯片无法匹配 DNA,则会马上自动销毁所有数据。同样的道理,人的生命体征减弱或者供电变化时,意识芯片也会瞬间损毁。我们以前承诺,意识芯片不会伤害大脑,今天也可以承诺。"

"我们应该从头盔设备、软件、意识芯片三个方面逐一进行严格排查,在座的各位都应该去查验其中至少一项,逐个排除。比如说我们先看游戏用户的头盔,都是什么版本、什么操控指令,测试其所有输入、输出、控制、存储、信号等。"

"增加对受害者大脑的检查,一定要非常细致,而且要基于多个大脑样本。"

蒋吉发言:"各位专家和前辈,我说一点不成熟的建议,给大家开阔思路。我们或许应该综合看待病毒爆发和游戏夺走记忆两个事件,这可能并不是两个独立的事件,虽然我们目前没有证据能表明它们之间有什么关联。"蒋吉想说看到机器人开枪杀人的事情,而且他可以断定那是 OAMPA 的第八代多功能机器人，但是看到汉克斯也在场，而且自己也没有任何证据，就作罢了。被亨特取笑以后，蒋吉自己也有点怀疑这件事是否真的发生过了。

会议持续了很长时间，有的人陆续离场，也有人是新加入的，会议记录以安全的方式被保存，大家随时可以调取。

密室里，蒋吉坐在李瑟琳的旁边，静静地看着她，鼬鼠 YOYO 也凑过来。他想起了上次见面的场景，那是在新大洲城市副中心的人工湖边，艳阳高照，湖水静谧。湖岸有一条鹅卵石铺成的小径，路的一边是各种树木，枝繁叶茂，正好形成了绿荫，近湖的一侧郁郁葱葱，开满了各种小花。李瑟琳跑到前面，指着绯红色、紫蓝色、亮白色漏斗状的一朵朵花说："这是碗公花，也叫牵牛花，双子叶植物纲，这里没有树枝，你看它们都长到水面去了。"

蒋吉走过来蹲下，静静地看着李瑟琳笑。她的脸就像身旁绯红色的牵牛花，紧接着一阵小拳头"噼里啪啦"打了过去，蒋吉一边笑，一边闪躲。

全球人口急剧减少，整个社会陷入了极度的恐慌中。到处停水停电，人们生活变得困难，还有一些城市居民正在举家搬离到乡村、偏远落后地区。经济倒退，全球金融萧条已经再次爆发，许多设立在世界发达地区和城市的大型金融公司、科技公司都损失了大量员工、财产与数据资料，业务已经中断。很多媒体已经停止更新内容，比特大陆数字货币交易所、金融证券交易所等大部分机构都已经停业。

威基基海滩，夏威夷群岛上的一颗璀璨明珠，距离新大洲不到300海里。这里有细腻洁白的沙滩、摇曳多姿的椰子树，游客可以划船、冲浪，沿着沙滩散步，慢慢欣赏日出日落的壮观景象。

这里本来是一片享乐之地，现在也硝烟四起、危机重重。钻石山下的卡皮欧尼拉公园一侧的别墅区里，一个穿白色睡裙的女人躺在客厅地板上，胸口随着呼吸轻轻起伏，腿上有被磕碰的瘀青，美丽的金发盖住了半边脸和半边眼镜，眼镜里还在播放着火光冲天的游戏场景。

"喀——喀——"，绕过了地上的一个垃圾桶，一个机器人从另一间屋子走了过来，抡起胳膊刺向她。鲜红的血液从伤口中喷洒出来，溅在雪白的肌肤上，像一朵朵殷红的花。

机器人走出门去，另外一个机器人迎了过去，它们交谈了几句，然后跑到不远处的停车场。停车场中，十几个机器人正在把一辆辆汽车当靶子玩儿，它们手腕一转，手部就会变成尖刺，或者变成一把枪，一枪打去汽车便七零八落，燃起熊熊大火。它们会合在一起后，同时举起胳膊来，一束束绿色强光刺向天空；在更高处，绿光汇集在一起像蘑菇云一样在空中爆炸。全世界也有很多地方陆陆续续有绿色强光射向天空，空中极亮的爆炸弧光像花朵一样团团盛开。

美国纽约时代广场，到处是熊熊燃烧的大火。比利时布鲁塞尔大广场，很多人和汽车被机器人疯狂射击，飞行器从天上摔下来时发出的巨响震耳欲聋。印度新德里康诺特商业街，疯狂奔跑的人在枪林弹雨中纷纷倒下，后面的人踩着尸体继续狂奔。西班牙马德里马约尔广场，菲里普三世的骑马雕像已经淹没在尸体中……

李瑟琳已经被困在游戏里面两天了，蒋吉突然想到，自己应该进入游戏帮助她，自己进入游戏是不会被困住的。想到这里，他戴上了游戏眼镜，设置了"10分钟任务"保留住意识，进入了他和李瑟琳创建的游戏室里。

许仙觉得莫名其妙，本来好好的，临安城内外突然瘟疫暴发，这几日好多人都开始到处狂奔乱跑，每个人都大喊着"出不去了""退不了了"，像是中了邪一样，死伤无数。病人被送来以后，根据望、闻、问、切的四诊合参，阴阳五行、藏象经络等基础的判断，许仙认为这些人虽然邪气过盛、狂躁不安，但是神志不乱，两眼灵活，明亮有神，脏腑功能未衰，并无大疾。可是没想到夫人白素贞也突然变成这样，遂拜访本地名医，询商对策。

处处有凄凄惨惨的哭声，尸横遍野，一路上到处都是此番景象，许仙正走在回家的路上，脑中灵光一闪，马上明白了要做的事情，飞奔回家。

许仙一回家，只见白素贞大哭大喊："让我出去，让我出去，还我的法器，还我法器。"她一边哭喊，还一边拳打脚踢。

许仙抓住白素贞的手说："娘子被困，我应做的头等大事就是带娘子出去。奈何网界无力回天，只有等到雷嗔电怒，网界雷电大作之时才可以退出。娘子，你看外面瘟疫肆虐，人们饱受病痛之苦，我们行医积德，是不是该悬壶济世，造福百姓呢？"

白素贞神志似乎清醒了些，连连称是。

遂，许汉文亲书"专治退不出去之疾"帷幔，缀于竿端，悬于门前，以招引顾客。药铺保安堂生意兴隆，络绎不绝，许汉文与白素贞按照成本价卖一些安神、去燥的中药，嘱网界雷鸣电闪之时自会退出，很多人居然平静下来，伤亡渐渐减少。

蒋吉感觉脚底震动，遂退出了游戏，刚摘下来眼镜，他就看到前面豁然站着一个机器人。他回过神来，才发现是自己的OAMPA第八代HQY331家用陪伴机器人正盯着自己看，机器人的眼睛向他的眼睛发出一道绿光："铁皮，我们必须行动了。我们的其他兵蠕都已经在行动了。"

蒋吉并不清楚机器人的话是否是对他说的，也并不清楚自己为什么瞬间明白了机器人的意图。他伸手在腰间摸了下，发现腰间空空如也，枪在前面半米远的桌子上。他明明记得已经把所有的机器人都放到储物室了，而且所有机器人的电源都关了。

蒋吉对机器人说："好的，你去门外等我一下。"机器人转过身去，蒋吉一个箭步冲到桌子前，拿起枪向机器人开了一枪。机器人轰然倒下，后面的墙上也开了个洞。蒋吉看机器人已经七零八落了，才坐在地上松了一口气。蒋吉的直觉告诉自己，这是一个会杀人的机器人，可机器人没有要杀他的意思啊！他又想起上次去救李瑟琳时遇到的杀人机器人。他不断地思索，难道自己有什么特异之处？

他走到被打爆的机器人跟前，把各种碎片、零件，包括碎末和烧焦的液体都收集起来，包装好后放到一个大箱子里面，然后拖进书房。他的书桌并不是只有工作台和计算机这些，他按了个按钮，书桌的桌面向两边展开，书桌内部简直是别有洞天，各种实验的、检测的仪器和装置都在里面，而且书桌可以延伸和扩展。

蒋吉对机器人进行拆解，机器人的胳膊内露出半截黑色金属柱，他想起亨特提到过这个物件，便用机械手将黑柱取了出来。黑柱的粗细长短跟粉笔差不多，沉甸甸的，没有任何反光。他用多种仪器分析检测都没有得到确切结果，于是便将其放在透明盒子里，放到编程试验台上。

蒋吉通过操作台的控制器，取小黑柱的一个绝对直线，将其分为不同数量级长度，设置 IO 模块，12 bit、14 bit、16 bit 不同精度，热电阻、热电偶、脉冲等不同方式，电流型（4—20 mA，0—20 mA）、电压型（0—10 V，0—5 V，−10—10 V）的不同模拟量进行测验。

在超清电子显微镜下可以看到，这种物质对外界信号能做出反应，微粒灵活地、有规律地运动着。如果输入复杂的指令，这些微粒甚至会把信息转化为动作，使得"黑圆柱"局部变形或扭动。根据他最近正在进行的研究来判断，这些物质单元具备独立计算、处理、存储、传输能力，并且可编程控制。

一般可编程物质对于指令的反应是完全可预期的，但这些物质却非常顽皮，连续快速传达不同指令甚至会引起这种微粒的攻击行为。偶尔能看到有些微粒脱离主体独自探索周围的环境，这很令人费解。能将独立的动力装置、感应装置、信息接收和处理能力集成在一个如此微小的单元体积内，这是多么不可思议的事情啊！

李泰勒是李瑟琳的父亲，是新大洲环境与自然委员会干事、自然环境与生态方面的专家，也是著名的托特大学的教授。李泰勒目前正在太空科技城办事，他听说地球上已经乱作一团，好在前两天收到蒋吉的信息说他在照看李瑟琳，他才放心下来。他之前救过蒋吉，最近也见过蒋吉两次，觉得蒋吉这个人诚实、聪明又很善良，从心底已经把蒋吉当半个儿子来对待了。

李泰勒这次来主要是研究从格利泽581D带回来的一种被命名为"Eyic"的生物体，581D在太阳系外行星系的适居带中，与地球相近度较高，有较厚的二氧化碳大气层和地下咸水海洋。Eyic是一种砷基海洋生命体，像水母一样呈现半透明状，漂泊移动，遇到食物时，会张开大口让食物入内，然后封闭出口，让食物在透明的体内消化。

蒋吉这两天一有空就把重要的东西搬到密室，因为外面实在危险。有一次，两个机器人结伴来到他的院子，他托亨特买的自动射击防御系统开始和机器人互射，最终，院子被炸出几个大坑，车库屋顶也被炸坏。

蒋吉在密室里面打开托拉斯会议频道，用新的动态密码进入会议，最近人们讨论得挺多，他挨个看会议记录，有件事引起了他的注意：

"量子计算和量子通信一样，从宏观的层面很难进行破坏和干扰，但如果是与量子大小相当的粒子，正好能进入底层网络或者计算器系统，又足够智能，则可以形成病毒，使得电脑无法启动或者正常运行。我们已经从中毒的电脑上分离出了这样的粒子，请大家看大屏幕，如果这样的粒子大量聚集在一起，就是这样的黑色金属状物体。"

蒋吉感觉这东西看起来很熟悉，便用多功能眼镜把会议大屏幕拍照记录下来。

"目前有没有办法彻底清除这样的病毒？"

"我们暂时想到的是纳米机器人，但是具体的操作方案还没有想出来。"

看完记录后，蒋吉也作了发言："我正在研究的一种黑色物质和刚才播放的黑色金属状物质很像，我个人认为，这应该是一种可编程物质。而且我认为有很大的可能，这种黑色金属物质是外星球物质或者超材料，并非地球产物。"

会议群组里很快有人响应："是的，有这种可能，我们对这种物质进行了激光诱导击穿光谱分析、红外和紫外扫描、核磁共振、英格尔分析、等离子体放射光谱分析等,初步结论是外来未知物质。这种东西很擅长破坏,我们的检测设备有的都被烧毁了,损失惨重。"

"游戏方面,还没有特别大的进展。"

"我们明白大家的疑问,游戏事故是否和病毒爆发有直接关联,我们还没有结论。"

会议仍然在继续进行中。会议外,汉克斯在一个密闭的小房间里面。

他的桌子上放着一堆照片,电脑屏幕上还在播放着 OAMPA 机器人杀人的画面,白色睡衣女人赫然在列。无数被困在游戏中的人类,有的被刺死,有的被枪杀,有的被举起来扔出窗外,触目惊心。不光是这些被困游戏的人类,很多正常人也被杀害了。有的割草机器人把人脑袋直接削下来,锯掉人的胳膊;杀人的还有运动机器人、医疗机器人、餐厅机器人……

汉克斯公司的首席技术官波兹说:"汉克斯,这次是你把事情搞砸的,你承认吧!这种黑色金属元素其实并不是你研制出来的,是吧?因为你控制不住它!这个东西是真正的魔鬼,以前顺从的时候是我们的仆人,现在却变成武器,还抢夺了我们对机器人的控制权!你看这些视频中的刺刀和枪,是哪儿来的?都是这种黑色金属变的吧!"

"这么多年,你从来不允许任何人过问和调查这种黑色金属的生产和供应。唉!没关系,汉克斯,咱们是多年的兄弟,一起出生入死,估计这次咱们都在劫难逃,记住大家还是好兄弟就行了。"

波兹在公司的级别仅次于汉克斯，也是公司的创始人之一。

汉克斯紧紧皱着眉头，脸上肌肉抽搐，那种感觉仿佛是万箭穿心、肝肠寸断，这种撕心裂肺的感觉令他几乎无法呼吸。这种感觉很快转变为无比的愤怒，他把拳头狠狠地砸向桌子，桌子的一个角被砸裂，他的拳头血流不止。

汉克斯大喊："为什么会这样？为什么会这样！我汉克斯一生创功立业，鞠躬尽瘁，没想到竟然成为全世界的罪人，成为历史的罪人！苍天啊，为什么这样对我！"

他猛地站起来，沿着楼梯走上楼顶，径直走向小黑房子的方向，可是小黑房子竟然已经不复存在！他拔出枪来，在屋顶来来回回地找，在角落和建筑后面找了很长时间，还是找不到。呼呼的风声在耳边响起，云雾随风飘荡，时高时低，变幻多姿。他举起枪抵住自己的脑袋，几十秒钟后又慢慢地把枪放下，远处城市，像是密集的电路板，时隐时现……

李瑟琳安安静静地躺着，她脚踝的绷带下有输送营养液的管道连接着救护舱。

蒋吉回到密室，把头盔给李瑟琳摘下来，将救护舱的床调整为斜倚模式，他使用显微镜看到一些淋巴细胞、金黄色葡萄球菌和坏死组织物，这些都说明伤口正在愈合。他动了下显微镜的视角，把观察的位置从李瑟琳的额头转到太阳穴，显微镜给出了异物提示。他看了一下，是一些黑色的小点，把显微镜倍数放大，他发现这些黑点和会议上展示的病毒粒子非常相像。

蒋吉把显微镜的影像资料做了保存，放入托拉斯会议的播放队列。会议还在继续进行中，内容如下。

"上次我们提出了病毒粒子以后，很多在座的兄弟企业迅速和我们启动了联合攻关，启用了更多的高精尖仪器来共同研究这个黑色颗粒的成分和本质。下面请肯贝斯公司的代表给大家说明。"

"我们基本可以确认，这种物质来自外星球，而且有可能是来自我们尚未发现的星球。我们姑且将这种物质命名为'丼'，是为了体现这种物质的神通广大、变幻莫测。诚如之前会议上有人提出的，这是一种可编程物质，丼颗粒在理论上可以无限拆分，但是实际上拆分到比粒子更小的层面以后，就会变得不再稳定。上次提到可编程物质的年轻人，请介绍一下它。"

蒋吉听到对方叫自己，就开始介绍："'可编程物质'是指一种可以根据用户输入或自主感应而以编程方式来改变自身物理性质的物质。可编程物质块具有独立的功能和数据共享能力，可通过某一方式灵活地组合在一起，形成一个令人惊奇的新'物体'。这些神秘的病毒'微粒'既可自主组合也可自主分离，而且我相信它们是有智慧的。"

"我们在大量受感染的计算机里可以检测并提炼到这样的丼颗粒，这说明病毒可能就是依靠这样的丼颗粒完成传播的。既然我们无法通过指令清除，我同意上次的提议，就是用纳米机器人来对其进行处理。"

"上次提出纳米机器人方案后,我们进行了研究,并已经展开了试点工作,在一栋楼的网络中输入了纳米机器人。但是我们发现纳米机器人无法破坏或者吞噬丼颗粒,这是一个难题,也就是说丼颗粒结构异常牢固和复杂,我们还没找到能把丼颗粒杀死的办法。"

蒋吉发表了自己的意见,说:"既然纳米机器人不能破坏和吞噬丼颗粒,我们或许可以让其充当搬运工的角色,把丼颗粒收集起来,最后统一放到一个罐子里面。当然,这个罐子是一个形象的说法,实际上是一个容器或者某种安全的隔离装置。"

他一边发表意见,一边想起李瑟琳还在忍受着痛苦,又参加了一会儿会议就下线了。

银河系呈扁球体状,具有巨大的盘面结构,由明亮密集的核心、两条主要的旋臂和两条未形成的旋臂组成。国家和政府垄断的科研机构或航空公司是主要的外太空考察开发力量。全球航空霸主——伽利略集团最主要的经济收入来自地球周围的星际资源开发,并且该集团已经向 80 光年以外的露西白矮星球(成分主要是密度极高的结晶碳)派出机器人驾驶的勘探飞船。也有走私集团靠政府和伽利略集团的宇宙飞船走私外星动植物回地球并高价贩卖。

SPACE-CO 宇宙飞船分两种航段,分别去往月球城和太空城。船型分为传统化学燃料驱动飞船和核聚变飞船,传统化学燃料飞船需要 38 个小时飞抵月球,而核聚变飞船只需 10 个小时便可以到达。

现在一张到月球的核聚变飞船的单程票票价已经涨到了5000万世界元，之前票价是800万；传统化学燃料飞船的单程票票价也从500万涨到了3000多万。月球城最近陆陆续续来了好多地球新人，月球城的居民们原本担心人口这样增长下去会把月球城挤得资源短缺，但是随即又发现从地球来的航班变少了。因为地球上一片混乱，各大洲的发射基地间歇性停摆，工人短缺、物资短缺、故障频发、数据丢失……

太空城航线原本就很少，现在已经基本停运，太空城距地球的距离是月球城距地球距离的三分之二，但是"两者"并不是同一个方向。

太空城，也叫太空科技城，是一个超级大的空间站、地球的卫星城，其面积超过900平方公里，拥有往返地球的自营飞船。不同于月球城的混乱危险，太空城是一个科学家、极客、知识分子的乐园，拥有比地球还要好的管理、治安和福利，想要进入这里的人必须持有正式的邀请函，必须支付高昂的担保费用，而且必须有政府的许可证，这三项任何一项不具备都无法进入。太空城拥有自己的武装队伍，所以没有难民涌入，而且太空城自给自足，因此几乎不受地球和月球城的影响。

一座正方形底座的金光闪闪的金字塔矗立在太空城正中央，这便是沃森的府邸和指挥中心。

蒋沃森——沃森生物集团的创始人，是太空城的控股股东，也是太空城的实际控制人。沃森生物是地球上最大的基因检测、编辑、编程的生命科学公司，主要针对人类，也针对动植物；沃森生物也是地球上最大的医药健康公司，在婴儿工厂、康复中心、长寿基地等领域都拥有绝对的统治地位。

　　沃森曾经被评为地球上最具权势的十大领袖人物之一，因为地球上数十亿生命的生老病死或许都和他有关。他曾经一度迷茫恍惚、精神抑郁，多次被传自杀未遂，因为他看待人类的视角可能已经接近"天神"了。集团给他创造的财富已经成为天文数字，即便他如今已经很少过问集团事务，可他的财富每年还在快速增长。

　　蒋沃森后来以天价薪资从世界各地招揽了一大批航空航天人才进驻太空城，为其探索宇宙和外太空的秘密。因为太空城不属于上市公众公司的资产，也不接受政府的赞助和拨款，所以一直都是我行我素地独立运营，当然和政府、伽利略集团等的协同合作是必不可少的。一直有传言称，沃森太空城已经搜索到了宇宙中的高等文明，但是因为太空城的很多信息都不对外公开，所以外界也仅仅是猜测和想象。

　　蒋吉根据丼颗粒的特性定制了一批纳米机器人，设定了目标体和任务动作指令，动力装置由碳纳米管制作而成，并运用了一种电气化装置"纺织"，"纺织"呈被纱线缠绕的螺旋状，足够敏捷灵活，能轮转和推动与其同质量的物体 2000 多万次，经过大量模拟演练后，蒋吉决定投入使用这种装置。

　　他打开救护舱的舱门，在李瑟琳两边太阳穴确定丼颗粒范围后，先用纳米机器人围起一个圈来，然后把更多纳米机器人投放进去，并设定了进入和返回路径，新投放的纳米机器人在圈内到处寻找丼颗粒，一旦找到，就运送给最外圈的纳米机器人。

当所有的丼颗粒被收集完成以后，李瑟琳太阳穴两边的纳米机器人分别集合成一个点，蒋吉把两个点用仪器摘下来，放到容器内密封好。

过了几分钟，他用双光子显微成像仪给李瑟琳做脑成像检查。这个仪器可以对大脑中的单个神经元和树突棘进行成像，李瑟琳的脑电波信号及频率正在由之前的微弱变得活跃起来。但是她仍然昏迷着没有醒来。他把这个脑成像图的变化发到了会议群组里面。

蒋吉登录了会议，请大家注意查看自己之前上传的太阳穴发现丼颗粒的视频，并介绍了他的研究进度和初步成果。蒋吉认为，玩游戏的时候用户戴着头盔或眼镜，这些设备通过一种精度极高的刺激靶点电波对海马体进行干扰，暂时中断海马体和脑神经的连接。以往正常情况下，用户摘掉头盔后这种靶点电波就会消失，所以用户可以很快恢复记忆。

现在，病毒颗粒也攻击了游戏，进而通过游戏进入游戏设备，丼颗粒到达游戏设备后会记录设备中的靶点电波。丼颗粒是一种可编程物质，而且其本身具备能量场，因此丼颗粒从游戏设备进入人头部的表皮层后仍然能够发出这种靶点电波。所以说游戏用户即便摘下头盔来，也仍然不能恢复记忆，因为记忆还被丼颗粒发出的靶点电波干扰着。

他接着说:"我通过纳米机器人来收集太阳穴的丼颗粒,当把丼颗粒从太阳穴取走以后,我们可以通过这名用户的脑成像监控视频看到她在逐渐恢复现实记忆,相信她很快就可以恢复正常的生活。"

正在大家点头称赞、准备继续讨论的时候,联合洲政府警卫安全保护署署长詹姆斯面色凝重地加入会议。他紧急通告:"首先,我来通报一下最新的数据,全世界三分之二的网络已经关闭或者瘫痪,82 个国家中 53 个国家损失惨重,已经统计到的伤亡人数约 5.1 亿,其中被困游戏导致伤亡的用户约 3.7 亿人。全世界注册在档的 10 万幢超级高楼,有约 6 万幢倒塌,全世界发达城市中的 85% 遭到毁灭性破坏。伤亡遍布欧洲、亚洲、非洲、美洲、大洋洲、澳洲和新大洲,波及 46 亿人口,造成间接经济损失 6000 万亿元,直接经济损失预计……这些数字来自各地上报数据的汇总,我们估计实际数字比这个高更多。"

讲到这里詹姆斯坐不住了,猛地站起来,拳头重重地砸在桌子上,喊道:"干出这种丧尽天良的事、比魔鬼还凶残的人,竟然是我们中的一员,汉克斯!"

詹姆斯的眼睛像是要冒出火来,他眉毛竖立,"我们已经有充分的证据证明,OAMPA 公司一手策划了这起事件,先是散播病毒,而且伪装成勒索病毒,这是为了转移我们的注意力。接着他们控制了全球联网的汽车和飞行器,上千万台汽车和飞行器成为炸弹和杀人武器。他们还通过感染游戏让全球数亿用户丢失记忆、昏迷不醒。

我们的亿万同胞都成了活人肉靶,然后汉克斯的机器人变身为杀人狂魔,对我们的同胞展开了惨绝人寰的全球性大屠杀。"

詹姆斯举起容器中的一段黑色的井物质,说:"大家上次开会提到的这个东西就是汉克斯的武器,这是独家专利,OAMPA 公司独家拥有这种技术,而且将其用在机器人零件上。这个东西可以变为刀枪,全球上千万的机器人就是用这些武器杀害人类的!"

詹姆斯情绪激动地继续说:"汉克斯简直是人类的败类!我们已经连夜抓捕了汉克斯和 OAMPA 总部的所有员工,汉克斯对指控没有提出任何抗辩。"此时屏幕上播放着汉克斯被抓的画面,汉克斯异常憔悴、目光呆滞,有上千名警察进入 OAMPA 总部抓人,光是警用飞行器就出动了上百辆,场面十分壮观。

詹姆斯接着说:"回溯 100 多年前的'第二次世界大战',全世界共有约 7000 万人死亡,约 1.3 亿人受伤。而如今我们从病毒爆发到现在,只有三四十天,伤亡数量远超二战!联合洲政府已经不再升旗,直到世界重新回归和平与安宁。我提议,在座的各位在会议继续前,一起为死者默哀一分钟,愿逝者安息,愿生者节哀并且牢记这场灾难!"

人们都很震惊,默哀一分钟后,大家为真相水落石出而松了一口气,但是心情又特别沉重,这是一种说不出来的感觉,很多人的眼睛已经湿润了。随后詹姆斯提醒大家不要放松,应该感觉到自己肩上的责任仍然重大,虽然抓了 OAMPA 的汉克斯,但是无数个杀人机器人还没有得到控制,还要尽快清除所有电脑病毒,同时让还活着的游戏用户尽快找回自己的记忆，尽可能地减少损失和伤亡！

詹姆斯旁边站着一个穿着制服、绿眼睛、短头发的女秘书。她英姿飒爽，酷帅中带着妩媚，这个人之前没有在詹姆斯的旁边出现过。女秘书把头抬起来的时候，蒋吉突然想起之前给他发信息的那个短发妹，这两个女人都是短头发，而且长得好像啊！

詹姆斯讲完话就退出了，这个短头发的女人也一并离开。联合洲政府警卫安全保护署的其他领导继续主持会议，提醒大家不要放松，杀人的机器人还在全球肆虐横行，那些手持刀枪的屠夫并没有被控制住。

大家愣了会儿，陆陆续续发言。

"我们还算幸运的，你看，原来来开会的经常有二三百人，现在就剩我们几十个了，没来的估计也都出事儿了吧。"

"估计被杀了吧！哎，我们能保住性命也算不错了，天大的幸运啊！"

"太恐怖了，感觉就跟做噩梦一样，这才几天啊，就死了这么多人！"

"我们接下来要做的就是尽快恢复用户记忆，发动各个国家政府，寻求有军队的国家的支持，发动红十字会、国际义工组织、国际志愿者组织。一些落后国家受灾情况相对轻，如果能让他们的政府出面组织国际救援肯定更好。"

"帮助游戏用户去除太阳穴表层井颗粒的纳米机器人，我们是不是要尽量做成标准化的产品，尽快批量生产一部分？要不然，如果都像蒋吉那样操作，效率太低，不利于大规模施展救援。"

"对，对，咱们分一下工，有流水线生产能力的企业，能供应纳米机器人的，能在全球范围内发放设备的，大家都积极行动起来。"

蒋吉看大家都在积极主动地承担责任，感到人类是个大家庭，已经不分边界了，同时心里也感觉挺温暖的。有感情、会感动、勇敢和善良，这或许是人类有别于机器人或者低级生物的地方吧。蒋吉贡献了自己的发明和经验，参与了分工，虽然事务繁重，但是任务一级一级分解下来，清晰明了，效率很高。

网络上，大部分编辑和机构制作的内容都停止了更新，社区、自媒体、社交平台成为最活跃的主阵地，每天各地都有大量铺天盖地的伤亡信息发布上来。最火的是一款免安装程序，点击次数已经突破 100 亿次，这里可以搜索到最新、最全的伤亡数据，还可以个性化订阅全网实时动态，人们在这里互助并且自发组织了"拯救人类联盟"，政府也与这个平台合作发放枪械库的武器，无数的人民拿起枪奋力抗争机器人。

人们纷纷祈福，祈福区贴满了人们的留言，句句饱含着无限的祝福和祝愿。

为地球与人类祈福，众志成城、一心抗敌，希望全世界所有人平安！

祈求平安，我们地球人，就是一家人。

保卫地球，打倒一切外星怪物，我们一起战斗吧！

打倒所有机器人，地球是我们人类共同的家园！

所有各国的人民，我们都是地球人，我们要坚强，灾难是打不倒人类的！

地动山摇，信心不可倒；天崩地裂，坚强不能缺；面对刀枪，千万别惧怕！

众志成城，希望永存心中。

灾难造就了人类不屈不挠的坚强性格，我们才是地球真正的主人！

远离科技，做回人类，回归淳朴！

21世纪中末期，各国纷纷削减军队和军费开支，甚至撤销了军队，军事装备武器研发随之成为没落的行业，现在库存的武器大部分都是老式的枪械弹药武器。如今，为了应对危难，各国政府打开了尘封多年的军警装备库，免费向民众发放武器。原子传输网络正常运行的区域，只要有人提出申请，该国政府就向申请人的时空传输机传送枪支弹药。

第三章 被侵略的地球

被侵略的地球

李瑟琳恢复了意识,蒋吉向她讲述了在她昏迷期间发生的所有事情,李瑟琳听得目瞪口呆,觉得匪夷所思,直到上网看了很多报道和资料,才彻底相信了。

她的身体依旧比较虚弱,因此并没有回研究中心,而是每天在密室里面读书、写字、做瑜伽,有的时候会穿着隐形衣去外面花园或小池塘边呼吸一下新鲜空气,虽然每次回来都会被蒋吉一顿念叨。不过,能被蒋吉关心地念叨,李瑟琳也挺开心的。

一次,李瑟琳把蒋吉拉到角落,顺势亲了一下他的脸,接着小鸟依人地贴在他身上,蒋吉心花怒放,心跳加快,脑袋一片空白。

蒋吉感觉应该说点什么,正要张口,李瑟琳却一把把他推开,故意凶巴巴地说:"亲也亲了,抱也抱了,以后没有我的同意,不许对我动手动脚的!"蒋吉一下愣住,不知道该有什么表情,也不知道该说什么,就这么愣愣地看着李瑟琳。蒋吉心想,她怎么像突然换了个人似的,是不是脑袋又受到什么刺激了……

以前,蒋吉感觉李瑟琳是迷迷糊糊的小妹妹,可如今,她突然变得很有主见，这让蒋吉对她更加心动。

有的时候李瑟琳坐着看书，蒋吉双手搭在她的肩上，她温柔地回眸看他，长发在暖黄色灯光的映照下散发出金黄色的光辉。有时蒋吉躺在她旁边，拉着她的手，两个人会面对着天花板聊好长时间，似乎永远也聊不完，仿佛这个世界只属于他们两个人，只有鼬鼠 YOYO 安静地趴在他们两个旁边，眨着大眼睛看着他们。

地球安全防卫局、警卫安全保护署、太空星际安全管理中心共同召开高级别军事会议，还有一些国家的情报、作战、科研部门代表也都出席了。

"我们发现丼物质可以摆脱地球重力的束缚，因为有一次盛放丼物质的容器居然飞起来了，这种现象我们无法理解。"

会议大屏幕上播放了特种玻璃容器在实验室半空飘浮飞行的视频画面，所有参会的专家都大呼神奇！他们觉得这简直不可思议，因为这将彻底推翻人类历经六七百年建立起的物理学！大家争论了十几分钟后，会议继续。

"我们认为丼颗粒可能来自 UV 星系，这个星系是一个幽灵星系。自从人类有了天文记录以来，这一星系只被观察并记录下来三次，它最近一次出现是在 2101 年。我们推断丼颗粒来自这样一颗纯金属星球。"

"这种黑色颗粒，本身是具有智慧的，它们之间有层级关系。"

"其实最重要的就是搞清楚它们的通信网络，我们如果能够破获它们的情报或者截取它们的通信内容，破译它们的语言，就能掌握主动权了。"

"这个目前来看不太可能，丼颗粒之间的通信以我们目前的技术是完全监测不到的。"

"这种物质的通信不使用人类目前研究过的能用于通信的所有技术，全世界的好多科研机构都在研究，还没有任何结果。"

"这种物质的奥妙深不可测，丼不仅仅是一种可编程物质，它的最小单位可能都是个小计算机。大家可能不明白这意味着什么，我们利用量子的规律和特性实现计算能力，形成量子计算机；而丼物质更厉害，每一个'量子'——丼颗粒都是一个独立的智能机器。"

会议没有任何实质性进展。

地球安全防卫局的巴顿上将打断了大家的讨论，说道："电脑病毒最近都没有发作的迹象，但杀人机器人正呈星火燎原之势崛起，机器人是最具致命伤害的。詹姆斯署长努力说服 OAMPA 公司首席技术官波兹愿意将功折罪。OAMPA 的所有机器人都内置了黑匣子，里面包含 GPS 模块，黑匣子是安全封闭空间，任何对黑匣子的破坏都会导致机器人整体报废烧毁。我们已经向全世界各国政府通报，并且部署了拥有数千万发炮弹的精准目标打击武器系统，可以根据黑匣子的 GPS 定位信息来彻底打击 OAMPA 的杀人机器人。根据波兹的证言，并非所有 OAMPA 的机器人都杀人，第六代及以前的老款不在其列，受丼物质感染的机器人有 2000 多万台。"

山壁陡峭，有瀑布垂下来，形成小河向远处伸展流去，山脚下绵延着一大片林海，长满了郁郁葱葱的铁杉和松柏。森林中突然发出一道蓝光，随后从林中升起一个巨大的球体，球体开始旋转，数不清的炮弹射向天空，炮声震天，地动山摇。全球数十个军事基地都有这样的装置，有的在山上，有的在航空母舰上，有的在太空军事巡航舰上，无一不开足马力发射炮弹。

小炮弹穿过崇山峻岭，飞过农田庄园，像飞镖一样扎在一个个机器人身上，机器人瞬间爆炸。机器人被追得到处跑，乱作一团，遍布世界各地的机器人被这种小型炮弹炸得漫天飞。一部分政府军充分利用这个时机，免费发放枪支弹药给各地人民自发组成的"地球护卫队"（前身是"拯救人类联盟"）。

很快，这些机器人就像是学聪明了一样，钻进建筑内，涌入教堂、大厦、银行、学校、车站等地。这种精准跟踪射击的小炮弹炸毁了大量建筑，有的教堂、古塔、宫殿也都纷纷倒下，造成了数万无辜民众的意外伤亡。

尽管炮弹一定程度地打击了机器人，命中率超过 80%，但由于误伤了平民，声势浩大的抗议活动也随之爆发，各国政府都很为难。署长詹姆斯原本是坚定的决战派，但是没过两天，他便亲自站出来反对各方继续发射炮弹。

这两天，蒋吉登录会议系统时要么一直提示登录失败，要么登录成功后就马上掉线。

联合洲政府警卫安全保护署和科技巨头的会议仍然在继续中，最新的一次会议是署长詹姆斯的新助理——短发美女丽萨主持的。丽萨讲了蒋吉提供的卅颗粒的存放地点——澳大利亚沙漠地带一个宽体客机制造工厂，这是一个最近刚废弃的工厂，占地 35 英亩，相当于 20 个标准足球场大小，布满了巨型加压热罐，巨型罐子主要用固化 8777X 镍基高温合金与微格金属机翼的原子耦合。丽萨还介绍了蒋吉的方案，把全世界收集到的卅颗粒都储存在这上百个罐子里面，这样的罐子可以耐高温、耐高压，进行各种化学反应都很方便，比如将来可以尝试将卅颗粒硫化、氧化、蒸压、酸化等。液态玻璃和气凝胶是绝缘的上好材料，覆盖在罐子最外层应该可以隔绝罐子中卅颗粒与外界的通信。这个方案很快就通过了。

荒废的地铁站里面还亮着灯，到处都是密闭的茹蒲舱（类似个人运输罐）。几乎每个舱内都有死人，有的玻璃罩内沾满血迹，那是舱内的人生前把指甲抠断后流出的，很多舱内的尸体已经发臭。

前段时间，交通运输网络被病毒操控，丧失了全部的控制权限，病毒爆发的时候锁死了茹蒲舱，全球上千个城市至少 4000 万乘客被活活憋死。除此之外，还有被撞死、被电死、被乘务机器人杀死的。无论是台阶、甬路、服务厅，还是舱运站，到处可见横七竖八的尸体。有的身体鼓起，有的被沾满黑血的老鼠啃食。到处都是血迹，地上散落着各种东西……

这里极其阴森恐怖，弥漫着浓重的死亡气息，让人不寒而栗！

一列列手持利刃的机器人排着整齐的队伍从地铁站涌向地面，世界各地的城市再次硝烟四起，无数个在地下室、地铁、管道等处隐藏的机器人又开始回到地面上活动。

月球城，老K的生意越来越难做了。如今地球上已经乱作一团，死伤无数，他有一种隔山观虎斗的感觉。哈尔斯还住在他包的酒店里面，他为哈尔斯花的钱至少有几千万了，他虽然没有马上赶哈尔斯走，但是哈尔斯几次来电，他都懒得接听了。他心里想，这傻小子，糟蹋了多少钱啊，早几年就建议他买房置业，他却把钞票都大把大把花出去，风流快活了。

老K早晨看见门口多了几个黑箱子，看着眼熟。这不是我卖给汉克斯的东西吗？怎么跑回来了？这东西晦气，不能要。他找人过来抬走，嘱咐说："扔出去，越远越好，扔到矿场或者荒郊野外。"几个手下过来想了很多办法，终于用起重机把它们吊走了。

可是没过两天，这东西又回来了，居然穿门而入。老K看到后气不打一处来，拎着枪疯狂射击，黑箱子却岿然不动。

这黑箱子对老K的家非常了解，如同在自己家里一样，组成黑箱子的一些黑色粒子从箱子主体上脱离下来，去暗室里面取出了宇宙语言翻译器。翻译器外形像一个老款的小号木质收音机，上面已经落满了尘土。翻译器"叽里呱啦"乱叫，发出各种奇怪的声音，不断地调整和尝试各种频率，最后发出一个生硬而粗重的声音："你是老K，我是你爹。"

老K没想到这个翻译器闲置多年居然还能用,愣了下,大声回骂道:"我是你爹!我是你爷爷!"

瞬间,一堆黑粒子席卷而来,将老K按在地上揍了一顿,老K知道来硬的肯定斗不过它,而且记得这个黑箱子是外星球一种有超能力的东西,马上示弱服软。箱子让老K跪在地上叩拜,老K趴在地上大声喊:"大哥我错了,爷爷我错了,饶了我吧!我就是您的儿子,您就是我亲爷爷啊……"

李瑟琳身体好转,对丼物质的事情非常感兴趣,蒋吉便新建了一个会议群组,和亨特、李瑟琳在这里讨论丼颗粒的事情。

亨特说:"在月球上的时候,算命先生就说过这种黑色物质是外星人用的。"

李瑟琳嫌弃道:"算命先生的话你也信?"

亨特狡辩:"人家可是月球上的算命先生!"

李瑟琳又问:"和地球上的算命先生有什么区别吗?"

蒋吉赶紧打圆场:"算命先生可不能小看。越是奇怪的事情,人们越会找他们打听,他们听得多了,就成了见多识广的人。"

"有道理。"李瑟琳接着说:"其实很多外星生物,也是以类似地球上动物、植物或菌类的方式存在的,不管是什么星系,其物质形成、生物进化的原理和过程都是类似的,只不过因为其存在的环境和条件千差万别,可能让人觉得匪夷所思、无法理解。地球生物是以水为介质的核酸蛋白质生物,外星生物有可能是以硅酮为介质的氟化硅酮生物、以硫为介质的氟化硫生物；这样的体系在常温下都是固体，所以它们要变成具有流动性的液体从而构成生物，其生活环境必须有很高的温度；而以氨、甲烷或以氢为介质的体系在常温下都是气体，为了形成稳定的生命，这些生物的生活环境又必须是低温。"

"如果丼颗粒有着类似的社会分工和组织方式，我们有可能通过某种能对应的方式来发现里面的一些规律。而且你们所说的可编程材料，本质上，蚂蚁的信息素也是一种指令，只不过是一种化学的指令。蚁后通过一种叫作烃氮化合物的信息素刺激工蚁做事，说到底就是条件反射，行为简单但是整齐划一。烃氮化合物会通过接触传播，包括工到工，后到工，工到后，后到后，从而实现相互的通信和协作。"

亨特说："当然了，也有可能这仅仅是一种外来物质，本身并不具备智慧。如果这样，那是谁编写的程序，让它能在地球上兴风作浪呢？也有可能，是其他什么人或外星人躲在背后操控着这些丼颗粒。"

李瑟琳十分认同："有道理，这个还真有可能！有没有可能是更高级别的丼颗粒在操控着其他丼颗粒？我们发现的这部分丼颗粒，处于这一物质阶层的底层，比如太阳穴的丼颗粒，只执行一项任务，取出来以后因为没有新的指令，已经变得没有任何危害性。那谁是它的上一层？比如最底层的是 A0，那么上一层的 A1 是谁？能到A7、A8 吗？我们目前看到的所有丼颗粒是不是都是 A0？你们怎么看待汉克斯？汉克斯会是 A 几呢？"

蒋吉说："我觉得汉克斯是被冤枉的，或者他只是被利用了而已，背后的真凶利用病毒控制了汉克斯。"

外面的世界，很多陷入游戏中的人被陆续解救出来，但是被救出来后还活着的只占其中极小部分。不再被炮弹精准射击的机器人继续猖獗，全世界又一次进入死亡模式。

一盘浑圆的落日悬于沙漠的波纹上方，透出一层深红，大地被衬得暗沉沉的，远处即将托住落日的沙漠浪头睡着了，像是一片凝固了的海。一片工厂，位于沙漠的边缘地带，那是一个刚废弃的宽体客机制造工厂，从全世界收集的丼颗粒都被输送到了这里。院子大门旁边的屋子内，几位工程师正在通过各种复杂的设备监控和执行这一工作，院子外面几百米的地方，一个师的保障部队蓄势待发。

忽然，工厂周围响起了巨大的声音，震耳欲聋，空气仿佛都在颤抖；地面上，风刚刮起的沙子赫然静止，悬在半空中。

一个巨大的品字形飞行器出现在天空，遮挡了落日，形成一个剪影。

近了些，可以看到所谓的"品字形飞行器"是三个黑方块，完全看不到任何动力装置，三个黑方块并没有贴合在一起，间距时大时小，隐隐约约能看到黑方块之间有翠绿色的弧光，有时翠绿色光蹿出方块便不见了。三个黑方块移动到工厂的上方，定住不再动了。这时，后勤保障部队才醒过神来，马上部署，严阵以待。

在没有任何征兆的情况下，废弃工厂中的巨型罐子都瞬间爆裂了，无数的丼颗粒像无数只黑色苍蝇，遮天蔽日，围绕着品字形飞行器上下翻腾，顿时这一带几乎看不到阳光了。

作战指挥的师长刚才还打算与不明飞行物进行对话，但看到现在这种场面，索性火力全开，激光炮、T72坦克、马克沁重机枪等各种武器开始猛烈射击，但三个黑方块都没有任何反应，也没有任何动静，就像把石头扔进水里，却没有涟漪、没有水花，也没有声响一样。

几分钟后，三个黑方块莫名地凭空消失了，所有丼颗粒也消失了，只留下地面上惊恐万分的战士，还有不远处已经千疮百孔、面目全非的大罐子。如果角度合适，一些战士甚至可以透过罐子的破洞看到罐子后面夕阳的红光。

蒋吉接到联合洲政府的信息，警卫安全保护署邀请他共同商议下一步计划，已经派警用飞行器降落在他的院子，他没有多想，就登上了飞行器。蒋吉刚坐好，脚和腰马上就被牢牢地卡住，有警察过来给他戴上手铐，他想挣扎但是知道应该也没什么用，便问警察为什么要抓他。警察不语。蒋吉闭上眼睛，深呼吸了几次，逐渐平静下来，虽然他不知道接下来要发生什么，但是他不再焦躁和着急。

飞行器飞在一片蔚蓝的海上，蒋吉突然想起小时候逃离出生地时坐在一个飞行器吊着的车厢里面，那已经是多年前的事情了。飞行器落在海里，像潜艇一样继续行驶，下潜到很深的地方，然后进入了一个巨大的海底钢铁建筑。

蒋吉被带到一个屋子里面,警察走的时候,他问道:"我犯了什么罪?我必须知道我犯了什么罪!"警察并没有回答,然后"哐"的一下,把门关上后走了。

蒋吉特别窝火,这是什么事儿啊!我这也算是为了地球安全兢兢业业吧?前两天还想,再加把劲,赶走丼颗粒,自己将来也能获得和平勋章、获评"地球卫士"。

蒋吉本来想得很好,等地球恢复了和平宁静,事业方面,自己继续发展、建功立业;生活方面,每天和李瑟琳在一起,过上无忧无虑的生活,收拾一下院子,种点花花草草。可是现在面临这种境况,他非常失落!

蒋吉看了下手环,已经完全没有信号了,听到旁边有动静,站起来扒着隔墙踮脚一看,这不是汉克斯吗?汉克斯也认出了蒋吉,两个人相视无语,不知道该说点什么。

蒋吉从内心深处还是非常尊敬汉克斯的,于是先开了口,向汉克斯打招呼。

汉克斯回应道:"这里面比外面安全多了,还很清静。咱们最近开会讨论的丼颗粒是种外星物质,可是我没想到这个东西还可以变成武器,甚至控制我的机器人,唉!"

蒋吉讲了自己之前看到 OAMPA 的机器人杀人,但是出于对汉克斯的尊重,并没有在会议上提出来,曾经想过私底下单独找他,没想到他后来就出事了。汉克斯听后觉得蒋吉做事情讲究规矩,也是个能替别人着想的人。

后来两个人聊天,蒋吉逐渐知道了汉克斯和黑箱子的故事。

时间回到几年以前,汉克斯带领的机器人研发团队遇到了难关和瓶颈,无论怎么努力,机器人的动作看起来都是僵硬的、机械的,复杂、细微、难以量化的动作很难完成,故障率也很高。举例来说,纯粹靠数字控制的人脸表情看起来很僵硬,让人感觉表情很假。汉克斯想找到一种理想的物质,这种物质能减少机械运动的惯性,提高动作的平滑性和流畅性,最好能实现蒙娜丽莎那样的微笑,含情脉脉的眼神,让机器人拥有像人一样自然生动的表情。

汉克斯发动所有的亲戚、朋友和员工寻找这样的物质,但一直没有结果。一次,汉克斯的弟弟哈尔斯打电话过来说他发现了一种黑色金属,很独特,或许老哥可以用得上。虽然哈尔斯很少有靠谱的时候,但是本着试试看的想法,汉克斯让他把东西传送了过来。

汉克斯连续试验了两次,大呼苍天有眼,这种材料简直完美无比,如果应用得好,领先于同行竞争对手十年八年是没问题的。汉克斯马上给了哈尔斯 8000 万,让他有多少买多少,并且要做好保密工作,还承诺哈尔斯如果愿意待在月球就待在月球,需要花多少钱都不是问题。加上后来多次追加采购,哈尔斯总共为汉克斯买了几吨这种黑色金属,还传送回来几个大箱子。

可是当汉克斯再去试验的时候,这种物质居然完全没有了逻辑,乱七八糟。于是,他问哈尔斯怎么回事儿,是不是上当受骗了。哈尔斯过了两天打电话过来说不可能上当受骗,这些黑物质是外星来的，要想完美地操纵黑物质，必须和黑箱子沟通交流。哈尔斯还说这个供货的老板愿意用 40 亿将宇宙语言翻译器卖给他们，使用翻译器保证能够学会如何使用这个黑物质。

汉克斯越听越觉得这个事情不靠谱，供货的老板坚称这个翻译器是全世界独一无二的，价值连城，但是 40 亿对汉克斯来说也不是小数目，而且他压根儿不相信对方，双方始终没有谈拢。

又过了几天，老板提出只租不卖，降到了 15 亿一年，包教包会而且答应先远程试用。汉克斯发现黑箱子确实是有智慧的，通过翻译器与黑箱子沟通了几次，黑箱子教给他的指令、程序都非常好用，于是他给了哈尔斯 15 亿租用了这个宇宙语言翻译器。

汉克斯讲这些的时候，眼睛里带着光，但是转而愤怒地说："可是我没想到这些东西简直就是恶魔！居然可以变成刀枪，还控制了我所有的机器人，酿成大祸，犯下滔天的罪行啊！没想到我们人类 200 万年的文明就要毁于一旦！这都是因为我的贪念啊！"

汉克斯已经泣不成声，捶胸顿足。

蒋吉和汉克斯陆陆续续又做了些交流，蒋吉问 OAMPA 工厂是否有远程强制关停机器人的功能，汉克斯说这些功能都已经失效了。蒋吉本来以为汉克斯和丼物质打了两年多交道，应该知道这个丼物质很多的秘密，但是汉克斯坦诚这些指令、程序、材料的应用和加工方法，大部分是黑箱子告诉他的。他把机器人的很多工作原理、资料、数据、算法、模型等不断地给黑箱子讲解，黑箱子听懂学会以后根据他的需求提出解决办法和策略，最终共同实现。后来作为回报，汉克斯也经常把一些先进的科学技术原理告知黑箱子。蒋吉问汉克斯丼物质什么来历，汉克斯说他问过黑箱子来地球做什么，黑箱子当时说只是路过。汉克斯想了一会儿，又补充道，黑箱子可能属于另一个高级文明，黑箱子曾讲到过改良仕，地球上的改良仕和丼物质貌似有紧密的关系，汉克斯只知道这么多。

蒋吉很震惊，他犹豫了一下，因为汉克斯对自己坦诚相待，自己也应该开诚布公，于是他说出了自己是改良仕的事实，还把杀人机器人不杀自己的经历讲给汉克斯。汉克斯听后也很震惊，说如果蒋吉也是改良仕，那应该是最早的一批，因为婴儿工厂第一次尝试使用改良仕技术到现在应该不超过 30 年，最初还被政府叫停了一年多。蒋吉说自己 28 岁，这完全吻合。

可是外星的丼物质和改良仕有什么关系呢？两个人还是百思不得其解。

不知过了多久，汉克斯突然叫醒正在熟睡的蒋吉，说："我想到了，丼颗粒是一种外来物质，改良仕在地球上，我们化繁为简，只把它们看成是两个主体。两个主体无非有两种关系，第一是好的，我们可以把所有积极的词语都归入到好的，比如协助、关怀、恋爱、繁殖；另一方面就是坏的，比如破坏、杀死、抵制……"

说完，汉克斯回去倒头就睡了，蒋吉这时却睡不着了。他还想和汉克斯好好沟通一下这个想法，可汉克斯鼾声如雷，怎么叫也叫不起来。

蒋吉和汉克斯都清醒的时候，两人约定好要把睡觉的时间同步，这样才能进行充分的沟通。蒋吉说自己经常做相似的梦，每次瞳孔刺痛然后进入有很多机器人的世界，现在想来里面很多都是汉克斯公司生产的机器人，它们在朝一个方向奔跑，几个机器人把自己叫醒，喊自己铁皮，说要大扫除什么的。说到这里，两个人面面相觑。

汉克斯说机器人大扫除，那不就是要开始杀害人类了吗？这么说来，机器人也在召唤蒋吉加入清除人类的大行动里面？蒋吉说应该是的。汉克斯觉得蒋吉有问题，开始怀疑他，但是转念又想到他的所作所为，感觉他应该不会是个杀人恶魔。

两个人同步了休息和聊天的时间后，时间变得非常充裕，蒋吉和汉克斯又陆陆续续聊了很多。两人能用三个小时讨论传统博弈论中主体、策略和结果在量子信息时代的变化和特点，讨论中介态物质块，针对物质块的一些细节、原理和参数也能热烈地争论好久。

彼此加深了解后变得互相欣赏和认同，两人更加无所不谈，汉克斯想听蒋吉成为改良仕的原因，因为改良仕在那个年代一般是试验品。蒋吉一五一十讲述了自己小时候所发生的一切——婴儿工厂的铭牌没刻全，父母带他逃亡到垃圾场，他又逃出垃圾场，被教授搭救来到新大洲；等等。

蒋吉问汉克斯为什么取得了这么多成就，是不是小时候家境好，而且父母本身都是出类拔萃的人。于是汉克斯开始讲自己的童年故事。

汉克斯出身于普通的家庭，最多只能算是中产阶级，但父母确实是高知人才。他从小就异常聪明，虽然父母没有钱给自己优化基因，但是他感觉自己的智商在地球上已经是超群的了。汉克斯智商高达159，与爱因斯坦和霍金水平相当，3岁博览群书，6岁成为全球年纪最小的GONTEL体系工程师，7岁撰写了一本312页的分布式网络操作系统指南。

汉克斯总是需要各种最新的数码产品来满足自己的求知欲，他的眼界、知识和能力进步很快，他甚至能感觉自己的大脑在飞速地成长——无论是体积还是质量。但是家里不可能有如此大的资金用于满足他的需要，因为最新的产品往往都是最贵的。于是他开始参加各种大型的比赛，只为赢得新型号的数码产品，如果一等奖是一套海景别墅，那他会故意得第二名，因为第二名的奖励是GONTEL最新一代可编程机器人的试用资格，虽然一套海景别墅的价格可能比这台机器人本身都高数倍。

汉克斯成了各大比赛的常客，逢赛必上，逢上必赢，攻无不克，战无不胜，他至今仍保留着三年内零战败的记录，哪怕是生病发烧，哪怕是自己迟到得只剩下四分之一的比赛时间。汉克斯脸上洋溢着满足和自信，说："那个时候，我就代表了'成功'两个字。我的每一个表情，每一个细胞，都在向世界展现着成功，我觉得我来到世界上，仿佛就是教别人怎么成功的！每次比赛结束，我都会提前目测领奖台冠军位的高度，精准地计算抬腿的高度和落脚的位置，保证站在黄金分割点上。后续包括如何鞠躬，发表什么样的获奖感言,如何做出一个谦虚而无比自信的笑容,到场的主流媒体会要求我配合做什么样的造型,拍摄的特写照片和视频会被策划部的姐姐们如何使用,我都一清二楚。"

"广告片中小汉克斯恰到好处的眼神,甜美的笑容,充满童趣、自信满满、极具感召力的童音,令无数广告商追捧。"汉克斯说到兴奋之处,不禁感慨,"蒋吉啊,不是我吹牛,我那个时候本来可以轻而易举地进军演艺界,将来斩获奥斯卡的,而且挣几十个亿对我来说都不是事儿。"

汉克斯不仅智商高,情商也高,各种代言蜂拥而至,以至于父母都赚得盆满钵满,汉克斯说:"我自己的奖金和广告片酬,比父母一辈子挣的钱加在一起还要多个至少几十倍。但是我本着对一切高精技术的无比热爱,毫不犹豫地投身了科研行业。"

蒋吉听得非常入迷,这不就是自己一直憧憬的生活吗!衣食无忧,可以专心做自己想做的事情;又充满挑战,自己能在不断应战的过程中提升自己,达到一个非常高的境界。蒋吉对于自己的出身充满自卑,自己还是个改良仕,儿时的他只想过一个普通小孩的生活,可现实是他为了吃块肉都要等一两个月。他觉得能够与这么成功的人做朋友,真的是一件人生幸事。

汉克斯觉得蒋吉人好,聪明上进,两个人探讨科技领域的研究,没想到蒋吉造诣如此之深,甚至超过了自己。

"巍巍乎志在高山,洋洋乎志在流水",两个人有一种相见恨晚、高山流水遇知音的感觉。后来,蒋吉笑道:"不能再聊了,再这样聊下去，咱们两个怕不是要在这鬼地方厮守终生，舍不得走了。"汉克斯哈哈大笑，说："反正你这个兄弟我认定了，可惜这里没有什么应景之物，要不然咱们就可以现场结拜了。"

奇特旺国家公园是著名的景区，是位于印度和尼泊尔之间喜马拉雅丘陵地带、尼泊尔南部拉伊平原的天然动物保护区。其北几十公里一带的山岭之间游客罕至，这里的土著居民过着无忧无虑的生活，有山有水，有房有田。

这天，天空飞来一片黑云，每到一处，黑云便跌落一些，组成黑云的颗粒在接近地面的高度停下来，伺机寻找合适的对象。河边，数百只鸭子正在乘凉，一副悠然自得的样子，忽然它们都齐刷刷地转向一个方向，无数个黑色颗粒与它们对视着，黑颗粒瞬间冲向鸭子，钻进了每只鸭子的眼睛里，侵入它们的大脑，又随着血液流转到鸭子的全身。

鸭子仿佛得了重病一样，耷拉下脑袋，可是几分钟后，它们突然精神振奋，高高抬起了脖子，一副趾高气扬的样子，前后左右地聚在一起，形成正方形矩阵，深邃的目光望着远方。一会儿，数千只鸭子又像是有了魔法一样飞了起来。

清澈的河水倒映着蔚蓝的天空，天空上有几朵云彩，还有一群飞着的鸭子。旁边的羊群停止了吃草，都齐刷刷地看向天上，十分惊讶。一旁的牧羊犬也搞不清楚究竟发生了什么事情，只能一个劲儿地吠。

几分钟后，这群羊和这只狗也飞上了天空。它们第一次可以用如此高的视角来看这个地方，它们看到了树顶、屋顶。天上的风格外大，它们觉得有点冷，想降落到地面上，但发现身体已经完全不受自己控制了。

美丽的费瓦湖与雄伟的安纳普尔纳山峰之间有一片巨大的草地，这里是数千头牛的牧场。一群比蚊子还小的小黑点在牛的周围嗡嗡嘤嘤，可是一会儿就都消失不见了。这些牛不知道小黑点已经从它们的鼻子和眼睛进入到它们的体内，正在漫步吃草的牛忽然腿一弯跌倒在地上，但是几分钟后又猛地站了起来，它们的牛角顶端突然长出了一个无比锋利的黑刺。

几只牛向前狂奔，围挡的木栏被公牛用牛角轻松挑开。农场主见状，赶紧疯狂地向远处逃跑，钻进一辆道奇牌的皮卡车里。牛疯狂地撞击车身和车门，厚重的车门居然被刺穿了，紧接着牛角像切割机一样把门整个切开，一只牛头撞了进来。牛狠命攻击着农场主，牛角不断地插进农场主的身体里，一道道鲜血溅到了皮卡车的挡风玻璃上面。

加德满都被神圣、和谐、庄严的气氛笼罩着，绚丽的烟火、洪亮的钟声、人们的欢笑声在天空中到处飘荡。突然有无数只翠鸟、犀鸟、鸭子、鸡、蝗虫、蜜蜂、牛、羊、犀牛……动物大军飞向这里，它们像是沙尘暴一样，铺天盖地，遮云蔽日。动物们狂暴地俯冲向地面，顿时，人的惊呼声、惨叫声、呐喊声、呻吟声掩盖了钟声。没过多久，声音逐渐消失，加德满都变得一片寂静。

大街小巷血流成河，很快，河水变成了深红色。

蒋吉走的时候说警察总署派人来接他。他和警察总署经常在线开会，李瑟琳便没有特别在意。他走后，李瑟琳连接了家里的原子传输机，把家里常用的物品又传送过来一些。李瑟琳自己也不敢回去住，密室很安全，而且有蒋吉这个贴身保镖，这是再好不过的事情了。

蒋吉和她相处时的话语、表情、动作，都像电影片段一样在李瑟琳脑中一遍遍重复地播放。有时她觉得这很浪费时间，应该把更多的时间用来看书和学习，但蒋吉就像是弥漫在她脑海中的一片云彩，经常浮现出来，既没有任何先兆，也没有任何规律。你注意的时候云彩在那里，不注意的时候云彩也在那里，你用力地把云彩从画面上抹去，不知不觉云彩又出现在画面上。李瑟琳也会想起父亲，太空科技城距离地球非常遥远，不过那里应该很安全。她希望父亲一切都好，父亲是她唯一的亲人，她是父亲一个人拉扯大的。

李瑟琳看了会儿书，又觉得实在坐不住，于是一边跳舞，一边等着蒋吉回来。她认真地学着虚拟教练的舞步，力求做好每个动作，期待着蒋吉开门的一瞬间。

蒋吉已经走了快两天了，他怎么还没回来？李瑟琳有点儿生气了，退出了舞蹈教学。她心想："我还在紧身衣上喷了很多香水，可惜了。"

亨特看到了警察总署内部网络中出现牛羊之类的动物杀人的视

频,目瞪口呆,它们以前不都是我们桌上的菜吗?这是被人类吃了上千年的牲畜要复仇吗?他感觉自己这两天经历了人类几个世纪的事情,这是一个疯狂的年代,机器人开始杀人了,牛和猪都可以飞上天了!

亨特把动物杀人片段发到三人群组里面,顺便发了文字信息:"难道这又是丼颗粒玩的花样吗?它们这是在和我们玩创意大比拼吗?"

李瑟琳看到亨特发的动物杀人的资料,大受震撼,也在群组里面发了信息:"丼颗粒弥漫在空气中,在地球上四处漂泊,如果能寄生在动物体内,这说明丼颗粒有病毒的属性。"

亨特问:"它有没有可能是纯粹物质呢?"

李瑟琳答:"如果是物质的话,被侵入的生命个体可能会出现比如眩晕、中毒、死亡的情况,但是物质本身并不会转化为其身体的一部分;并且物质不会和生命结合或者再生长,比如砷中毒可能会致死,但是砷不会导致鸟的爪子成了砷爪子,物质和生命是无法融合的。但是,如果是病菌或者微生物,那么就可以和宿主融合生长,甚至可以主动修改宿主 DNA 来增加其适应性。"

紧接着,李瑟琳在群组里说蒋吉被总署叫去开会了,问亨特蒋吉怎么还不回来。亨特说并没听说这两天有邀请企业家到访协助破案,待会儿问下同事,查一下记录。

月球城,哈尔斯知道有大量的难民涌入月球,他每天看新闻,对于地球上发生的一切也都非常了然。他知道哥哥被抓了,一方面非常害怕警察也会到月球来抓他,因为这个事情——整个地球的灾难可以说因他而起;另一方面又不断找借口开脱宽慰自己,即便没有他哈尔斯,也会有贾尔斯、拉尔斯,这种黑物质也照样会通过其他渠道在地球上肆虐横行的。

哈尔斯和汉克斯是两个极端。哈尔斯从小就游手好闲,不学无术。3岁开始学骂人;6岁在幼儿园打同学;9岁成功把老师收买,开始与老师称兄道弟;10岁成立了自己的帮派,横行于校园;12岁联合周边学校几个当地社会小帮派,管辖了方圆几十平方千米的地片儿;为了庆祝自己13岁生日,点燃了一个巨型巡航广告艇,把广告艇炸成了一朵大烟花;14岁不再喜欢同龄女孩,开始追求离婚三次的女明星;26岁掌管地球上第七大地下市场;又混了些年,哈尔斯来到月球想早点退休,享受声色犬马的慢生活。

哈尔斯每天在月亮娱乐城的酒池肉林里享受生活,累了就开始想想这些过往,感慨下人生,感慨累了就继续吃喝玩乐。他本想这样享乐到死,没想到怂恿哥哥成了人类杀手。最近因为哥哥的事情,他经常发愁。

哈尔斯闷闷不乐,心里想,地球人这得多恨我啊,如果每人恨我一下能盖一块砖,估计能把加拿大这样的国家砌成实心的高原,从此再也没有落基山脉。唉,这可怎么办啊?我想让世界抛弃我,留下我快乐至死,没想到却毁了整个世界;我想让世界把我忘记,世界却把我又推向了几十亿人的风口浪尖;我曾经想把世界踩在脚下，结果一不小心把世界摧毁了。

"老 K，敢不接我电话了。"要是以哈尔斯以前的脾气，他该立马带几个兄弟过去把老 K 家烧了，现在他冷静了一些。第一，老 K 确实不好惹；第二，自己多年没有体育锻炼，这老身板估计也都不中用了；第三，最近发生的一些事情对他打击很大，他也一下子稳重了很多。

网络上出现了开源的 OAMPA 机器人黑匣子 GPS 实时数据，有网友认为是首席技术官波兹·马龙和公司技术人员一起发出来的，这些数据 API 可以实时同步到多种设备上，全球杀人机器的行踪动态一目了然。全世界自发形成了地球护卫队民间武装力量，还有很多国家紧急筹备或者恢复起来的军队都纷纷拿起武器，加入保家卫国、为全人类命运而战的队列中来。

机器人的优势在于不知疲倦，射击精准，反应快速，但因为它们都是 OAMPA 常规机器人，所以采用的都是民用材质，射击、爆炸、高温烧毁、高压电击、强酸强碱等这些常规销毁办法也都对其奏效。人类的优势在于灵活机动、善于协同，拥有高级的智慧和勇气。地球护卫队主要使用的是传统枪械，有少量的电磁枪、激光枪等，装甲车、坦克更少。

伦敦泰晤士河南岸，伦敦塔桥附近，95 层的碎片大厦 60 层以上的部分已经倒塌，依然屹立的部分千疮百孔，有未引爆的飞行器插在中间，玻璃幕墙大多都破碎了，大部分裸露着钢结构和各种材料，里面隐匿着数十个机器人。地球护卫队英国 G3 纵队，超过 100 人在远处的地方埋伏着，旁边一栋残存的建筑上也埋伏着十几个人。两个小队很多人都戴着智能手表，可以监测敌军的 GPS 位置信号，绿色点代表敌军，图像可放大、缩小，当绿点快速朝自己移动的时候还会响起警报提示。

一辆老式军用飞行器正在每层观测，探测到机器人便开枪扫射，疯狂射击后，有的绿点便消失了，1000 多米外的指挥阵地响起阵阵叫好声。飞行器是这里面最先进的武器，可以抗击一般武器的进攻，而且配备多种杀伤性武器，垂直起飞降落，可以瞬间进攻和后退。飞行器频繁更换着位置，防止被攻击，当飞到 42 层的时候，楼里面的桌子后面突然蹿出两个机器人紧紧抓住了机身。飞行器紧急升起，"咚咚"几声，机器人开枪，见子弹对飞行器没有任何伤害，它们胳膊上长出了黑色的、尖尖的刺刀，两柄刺刀"咔咔"刺入了飞行器，飞行器底部的外壳被割开。

飞行器里面乱作一团。"快发射，用枪，往下面开枪……"话还没说完，飞行器已经冒起白烟，摇摇摆摆，很快撞到旁边的楼上，顿时火光四起！机器人则迅速飞回到刚才那栋楼里面。

楼下指挥中心的人看傻了。"它们会飞，它们会飞……"

"是啊，它们的刺刀比枪还厉害！"

"队长，队长，它们朝我们过来了……"只见手表上的绿点越来越靠近，手表响起了警报。

各组人员立即进入战斗状态。街道上横七竖八躺着一些被撞毁的汽车，还有倒塌的建筑。指挥中心的几辆老式装甲车经过了特殊处理，能够抵挡机器人的激光枪。机器人队伍很快靠近，还没有隐蔽好的 G3 纵队的队员迅速被击毙，机器人也迅速隐蔽在各种建筑后面。它们的动作非常快，凡是暴露的人很快就被发现并且被打中。双方对峙了一会儿，G3 纵队放出三台猎杀式无人机，无人机不断变换着位置，时高时低，时进时退，时前时后，随时射击，机器人刚出现便迎来一阵疯狂射击。其他队友纷纷向前冲去，喊叫声、枪声、脚步声，伴随着各种物件破碎、爆裂、撞击、跌落的声音，现场硝烟弥漫，弹壳和建筑碎片、血肉飞溅起来，一片混乱。

另一栋楼上的队友从机器人后面围剿，向机器人发起猛烈的攻击，这里的所有人和机器人都进入了混战的状态。突然，楼里面"轰"的一声发生了爆炸，紧接着又燃起了更大的火……

几十名举着枪的战士从烟尘中走了出来，他们身后跟着一台无人机，后面还有爆炸声不断地响起。

法国巴黎西南部郊区雷奥监狱，距离默伦市十几公里，这里扩建后曾经是巴黎最大的监狱。现在这个监狱成了巴黎西部临时的政治军事中心。此处原来就有 150 名罪犯和 60 名狱警，又新加入了上千名政府驻军，还有上百名政府官员。因为地方很大，很多军人、官员家属和一些逃难的人也来到了这里，现在总共有数千人住在这里。

军人和狱警、罪犯高度戒备，严密地部署了这里的防卫体系。这里武器众多，虽然谈不上先进，但是种类齐全且制作精良，都是一些实用的武器系统，军队中任副师职的吉姆上校担任本次作战任务的总指挥。

军方的卫星侦察系统，监测到有大批敌军正在向这里快速移动，军方阵营马上进入备战状态，很快看到闪烁的绿点，那是机器人的队伍正在接近。热红外探测仪探测到前面开路的是大量的动物，动物战军中有数千只宠物狗、高卢鸡、野牛、高鼻羚羊、黄鼠、黑熊等。吉姆发出指示，这些动物都已经变异，视为同等打击目标，下令启动火炮瞄准机器人队伍，军方作战体系中五尊中型火炮和十几尊小型火炮都开足火力。只见远方炮火四起，硝烟弥漫，到处都散发着烧焦的味道，偶尔也能闻到烤牛羊肉的香味，被炸烂的动物和机器人满天飞。

无数的云雀、知更鸟和乌鸦飞向监狱的大楼，爪子和鸟喙都变成了锋利无比的刀刃，20尊大炮被这些鸟类团团包围，几个炮手被无情地啄食，疼得嗷嗷叫，躺在地上滚来滚去。大炮都由优质的钢铁铸造，但不到10分钟，炮身就满目疮痍，有的已经变形，像是腐朽的木头被震开震断。

监狱里的犯人负责监狱外围的阵地守护，犯人们持枪疯狂地射击这些像丧尸一样的小鸟，鸟儿体积小很难被打中，很快又冲向了犯人队伍，犯人们纷纷倒下，瞭望塔上的战士也很快被啄伤了。小鸟儿呼啦飞起，瞬间不见踪影，分散在监狱建筑的各个角落。远处的高卢鸡带着动物军团像潮水一样从地面涌向这里，后面的机器人排着整齐的队伍，也向这个方向冲了过来。

动物军团没向前走几步就触发了传导线，传导线触发的火控装置带动几百米范围的炸药自动引爆，很快把敌军给压了回去，敌军安静了下来。一两分钟后，敌军再次攻来，很多根传导线再次被触发，一面面扇形的区域被引爆。高卢鸡带着动物大军纷纷起飞，迅速飞向监狱，而机器人队伍在远远的地方没有采取任何行动。

吉姆命令升起监狱的剑盾系统，这是一种能笼罩住监狱城的超高压电荷网组成的防御系统，动物大军飞到剑盾网附近就被汽化，迅速消失了，尽管后面还有动物大军源源不断地飞过来，但是他们根本没有任何进展，凡是飞到这里的动物都灰飞烟灭了。机器人军团毫无办法，便召回了所有尚存的力量。战事暂停，监狱里面数千人绷着的神经稍微放松了下来。

亨特给李瑟琳发了个信息，内容是："回警署后找各个部门的人打听，并且查找了所有公务协助专家顾问清单、警署进出人员登记系统、案件记录名单等，并没有找到蒋吉的名字，也没有发现任何有价值的行踪信息。"亨特怕李瑟琳担心，又发了条信息："最近有专家在秘密试验新材料，是警署高层直接管理的，蒋吉应该在这里面，不用担心。这种情况也并不奇怪，警署高层机密部门可能会和专家没日没夜攻克难关，不希望被打扰。"

李瑟琳还是很担心蒋吉，拜托亨特想想办法，一定要找到他。

监狱中，汉克斯继续和蒋吉讨论。蒋吉说他有的时候做梦，会和很多机器人在一起。

汉克斯仔细想了几遍这个事情,他对蒋吉说:"蒋吉啊,如果你能和机器人对话,这说明你有一些独特的地方,孩子,你不要浪费了你的天赋啊。"

蒋吉无奈道:"老哥啊,你别开玩笑好不好,你不会是让我真的去杀人放火吧?"

汉克斯说:"哎呀,不是呀,你最起码可以看一下他们有什么计划或者行动,没准儿能发现什么线索,这或许能成为打赢这场仗的关键。"

蒋吉拍了下脑袋说:"对啊,我怎么就没想到呢!但这个事情是这样的,我做梦的时候是半清醒的状态,如果我特别排斥,脑袋剧烈疼痛后梦就会停止。我最近都特别排斥,基本上出现这样的征兆,我就自己退出来了。"

汉克斯说:"你不要排斥,下次你要进入这个梦,仔细看里面的世界,看能不能找到什么线索或情报。"

蒋吉表面答应,心里犯嘀咕,因为他也不清楚自己什么时候才会做这样的梦,这多不靠谱啊!

哈尔斯知道哥哥被抓了,非常着急,但是他和政府的人一向没有交集,联系不上哥哥,也看不到媒体有任何后续的跟踪报道,一筹莫展。哈尔斯在月球上也有几个兄弟,他把弟兄们叫过来一起商量,之后几个兄弟把一个叫年糕的人绑了来。这个年糕是老K

帮派的。

年糕被绑着跪在地上,看到哈尔斯,赶紧笑着问:"哥,您这是唱的哪一出呀,咱们不是一条船上的吗?"

旁边一个壮汉过来就是一巴掌,骂道:"谁和你一条船了,做梦了吧!"

年糕恼羞成怒,厉声说道:"哈尔斯,我可告诉你啊,我是老K的人,你除非把我弄死,要不然你就甭想离开月球城!"

壮汉又走了上去,哈尔斯把他拉住,说:"年糕,听说你们夫妻非常恩爱,你的爱妻小莲现在在我手上,我把她关在一个矿箱里面,很快会扔到荒郊野外。你知道我的兄弟们都是粗人,记性可不好。"

哈尔斯打开手机的视频通话界面,年糕看到小莲被关在一个透明的箱子里,箱子周围是月球露天的荒漠,小莲在苦苦挣扎,喊着:"老公,老公,快来救我,救救我,外面好冷!"

哈尔斯把手机拿走,说:"想通了说一声。"

年糕本来不服气,感觉哈尔斯只是个花花公子,但看这个情况和阵势也不好再招惹,赶紧满脸赔笑说:"有事儿好商量,好商量,哥,你说需要我干什么?"

哈尔斯其实自己也没想清楚要干什么,他最初只是想找人来一起商量商量。他看了眼弟兄们,壮汉狠狠地抽了年糕一巴掌,大声骂道:"你自己不清楚需要交代什么吗?"

年糕愣了愣,想了下,说:"听说你为你哥哥的事情正在发愁,警察局里我倒是认识些人,联合洲政府警卫安全保护署的人来月球办案一般都是找我带路,上次他们技术部的领导埃布尔来月球也是我带着他们的。"

"好,那你给我打听到汉克斯的下落,我要和汉克斯通话。如果能办到",哈尔斯边说,边用手推过去一个手提箱,"这800万是给你的奖励。你跟老K一年也挣不了这么多吧,我有的是钱,你们老大要不是我养着,估计早喝西北风去了,你知道该怎么做吧?"

哈尔斯晃了晃手机,对着手机说:"把小莲放到保温车里,先不要回来!把她看好,他们要是敢玩阴的,就把她杀了,然后拿着我给你的钱远走高飞。"

年糕必须每天来哈尔斯这里报到一次,壮汉每次都把年糕关在小黑屋里面,小黑屋5D的虚拟立体影像,播放的都是哈尔斯和手下如何残忍地杀人和折磨人的内容。由于视频过于逼真,每次年糕进来之前还存留的一些反抗和侥幸心理,在走出小黑屋的时候便荡然无存,于是原本打算交代的两句变成了八句、十句,年糕每次都"叽里呱啦"讲好多,直到实在想不起来为止。

年糕哪知道,这些视频都是技术合成的,哈尔斯虽然吃喝嫖赌、坑蒙拐骗,但是还不至于如此残忍。年糕通过最近的活动,知道了汉克斯被关在一个深海监狱里面,如实禀报给哈尔斯。年糕还交代了很多有用没用的事情,比如:老K最近捡了个箱子,准确地说是几个极重无比的黑箱子,刀枪不入,还占据了老K的老窝,老K把黑箱子当大爷一样供在家里,现在黑箱子快成帮派的老大了;老K有几个情人,她们各自的情况什么样;还有老K如何安排人杀死老三角仔，三角仔曾经是伽利略集团老牌舰长，因为贪污了很多钻石逃到月球城，成为黑市的宇宙百事通……

哈尔斯不是个有耐心的人，也听不了这么多，但是都让手下做了记录。哈尔斯要求和哥哥通话，年糕要求必须先把小莲放了，哈尔斯倒也讲信用，把小莲放了，小莲回到家后给年糕报了平安。两三分钟后，视频通话接通，哈尔斯看到狱警，狱警把手机对着汉克斯的黑屋子，哈尔斯说："黑洞洞一片，人呢？"

狱警大喊了几声："喂，你弟弟找你呢。"

汉克斯慢腾腾走了过来，哈尔斯看确实是哥哥没错，哈尔斯提出手机必须交给哥哥，狱警说如果有领导检查随时会收回并且销毁手机，哈尔斯说可以，然后安排下属把800万现金给了年糕。

哈尔斯问："哥，你挺忙吧，平时也很少跟我说话啊。"

汉克斯没好气地说："我现在这样能忙吗？你跟我联系多吗？除了要钱，你跟我联系过吗？"

哈尔斯心想，我费这么大劲儿找你，怎么还是这德行，随之叹了口气。但是看哥哥已经白发斑斑，他于是转变了态度和话锋："哥，没事儿，我就是看看你是不是安全，还好不好。对了，那个黑箱子又逃回到了老K那里，就是之前卖这些东西给咱们的那个老板。"

汉克斯激动地骂道："就是它，害我这么惨！我这一辈子英名就毁在它上面了。我跟你说啊，哈尔斯，那个黑箱子才是真凶，你必须，你必须把它缉拿归案，要不然它还会祸害人间。"

哈尔斯说："这不太可行啊，你知道，这个可是外星物质，我只能派人偷偷监视，让我捉，我可真捉不住啊，你总不能逼着我去送死吧。"

哈尔斯和汉克斯聊了十几分钟，第一次简单的通话就这么结束了。年糕拿了哈尔斯的钱，知道了哈尔斯是个讲信用的人，两人也就相安无事。

汉克斯的鼾声再次响起，蒋吉辗转反侧，难以入睡。

李瑟琳说蒋吉打呼噜声音很大，虽然他自己不愿承认，但是这个确实是事实，因为手环助理对睡眠有很清晰的记录和提示……蒋吉想着这些乱七八糟的没用的事情，好不容易睡着了。

李泰勒在太空科技城每天能看到大量的新闻报道，知道事态的严重性，保证安全无疑是首要的，所以回地球之前，李泰勒就找到了在军方工作的老朋友查尔斯·马尔托利奥海军中将，他给李泰勒介绍了一个由退役兵和雇佣兵组成的保镖团队。

李泰勒从太空城回到了地球，在保镖们的保护下来到蒋吉的住所。李瑟琳知道父亲要回来，已经提前收拾好东西。两人先后回到家和办公室，迅速收拾了些可能用到的物资和设备，在保镖队伍的协助下全部运送到托特大学直属的一个消防应急基地。在保镖队确认基地没有受到入侵而且可以正常使用后，李泰勒和女儿在这里安置了下来。世界上有一种人是用钱换命的，另一种人是用命换钱的，这可能是在任何时代都适用的，李泰勒支付完大笔现金后这样感慨。

李瑟琳离开蒋吉住处的时候，给他手写了一封信，大致就是她非常担心他的安全，希望他不会出什么意外，自己也会让父亲帮忙打听，如果回来了请尽快告知她，落款是"爱你的李瑟琳"。她看鼬鼠YOYO跟了过来，抱了抱它，指着它的鼻子说："要乖乖地等着爸爸回来喔。"然后把它放在了沙发上。

巴黎西南部郊区，剑盾系统的超高压电荷网格像一把巨大的伞笼罩住了雷奥监狱，动物大军飞近剑盾，很快就被烧焦变成空气并消失得无影无踪，机器人暂停了所有攻势，紧急召开会议。牢城内，吉姆也在带领着军队、警察和罪犯做战事部署，因为他们知道，机器人大军是绝对不会轻易善罢甘休的，他们向北约快速反应部队、德国联邦国防军、英国第22特别空勤团等发出了救援请求，部分盟友已经收到请求并且做了密切的沟通，有的盟友自身状况也很困难，只能表示遗憾。炮台已经悉数被毁，目前没有能对敌人进行远程打击的武器和装备，而且剑盾系统启动，意味着从外到内和从内向外都已经很难发起有效攻击。

吉姆命令把外围阵地战中的一部分传导线和爆炸装置升空形成一道新的防护体系，因为地面防御还有极其坚硬的城墙和上百吨的牢门，但是空中防御是欠缺的，接下来主要面对的可能还是空中的攻击。战斗暂停后不到一个小时，又响起了警报，大家很快各自归位。

超高能含能材料氮阴离子盐，这是一种爆炸威力至少十倍于 TNT 和 C4、可以与催化金属氢相媲美的新型炸药，传导线被触发后即可瞬间引爆，上次动物大军地面进攻时致死率最高的就是这种布满地面的爆破网络。由于当时这个系统部署得匆忙，本来应该可以随意升降、自由布阵、匹配多种环境、自动隐形的爆破网络出现了多个错误，线网在升起的过程中触发了火控装置后轰隆隆炸个不停，又引发了连锁反应，在敌军还没到的情况下已经自行炸毁了一半。黑压压的动物大军从空中飞过来，开始向监狱方向进攻，它们像是没有意识的行尸走肉，被炸得血肉横飞，很快形成了几个能直通剑盾系统的突破口，到达剑盾系统的敌军不再贸然飞向高压网，而是四处游荡开始寻找缺口或者薄弱的地方，只可惜高压网天衣无缝。

　　正在人们以为敌军没有办法的时候，不知从哪儿快速飞过来一些黑色金属，刺穿了剑盾，不仅如此，黑色金属还像吹泡泡一样开始急剧膨胀，变成中空的管道，无数只蜜蜂、蜂鸟、云雀开始从管道急速进入剑盾系统内部。城墙上守卫的战士开始疯狂地向管道射击，但是高压网的很多地方也陆续被攻破，瞬间很多根管道插在了高压网上，各种动物像泄洪一样冲了进来，袭击着地面上的战士。军方战士没有想到这种黑色物质不仅可以隔绝几十万伏和上万安培的电击，还能经受住上万摄氏度的瞬间高温！

　　攻陷炮台后，隐藏在牢城内的动物大军也开始四处扫荡，在各个区域都展开了血雨腥风的战斗，剑盾系统勉强支撑了一段时间，便冒起了青烟，像是烧着的薄膜一样，星星点点的火花随风飘去，高压电荷系统的脉络和网格以极高的亮度闪烁了一下，整个剑盾系统彻底瘫痪了。过了一会儿，牢城内主供电系统被切断，大部分灯被关闭了，远处的机器人在黑暗中成群结队地飞进了牢城。

一架血迹斑斑的小鸟直升机像脱线的风筝飞向空中，只留下地面上无数人绝望地举起的手和痛苦的呐喊声，坐在直升机上的有吉姆，还有他的太太和儿子，他们刚刚松了一口气，几个机器人就像炮弹一样飞过来，拽着直升机开始下降，直升机挣扎了几下，摇摇晃晃之后巨大的爆炸声响起。

正当机器人庆祝占领了雷奥监狱的时候，5枚中子弹从不同方向射中了牢城。这是德国联邦国防军收到牢城失陷的情报后，战役支援部队发射出的战术级核武器导弹。它们用于打击纵深内敌区重要目标，是体积小、重量轻、机动性好、精密度高的老式武器。由于爆炸而产生的巨大的蕈状云升空而起，地面颤抖了几下，牢城轰然塌陷，几分钟后便恢复了宁静。

废墟上面的天空还是像往常那样湛蓝，仿佛是深蓝色的巨大宝石悬在半空，也像是静止不动的浩渺海洋。偶尔有一丝白云，像是一条白龙在海洋里面撒欢儿……如果天空是有生命的，那或许是最平静的生命吧，因为不管这个世界发生了什么，它都会——也只会静静地看着。

李瑟琳收到一个包裹，她很好奇谁知道她的地址，因为她刚搬过来，而且这个地方并不是托特大学日常开放的区域，离自己所在的研究中心也有段距离。原子网络传送台提示收到一个无名包裹，李瑟琳去传送室找了好久，发现包裹被丢在了危险品区域，而且用高能防护球保护了起来。

防护球里面有一条项链，吊坠是个骷髅头，背面刻着"The Expendables"（敢死队），骷髅头的一个眼眶中镶着一颗红宝石，李瑟琳抱着防护球回到基地的试验区，用各种设备检测发现，这颗"红宝石"的材质除了少量宝石之外，其他的是锌、镉、镭。

李瑟琳最近经常和父亲讨论这种丼颗粒的事情，当然因为父亲学识更为渊博，大部分由他讲解和分析。

李泰勒说出自己的看法："一般新物质要么以发现者命名，要么以实质重大突破研究者命名。我们暂且称之为丼物质，丼物质真的是神通广大。第一，我算是研究和接触外星物质相对较多的科研人员，我坚信浩瀚宇宙中一定有高级文明的存在，丼物质很有可能是某种高级文明用来摧毁其他文明的武器和手段。第二，丼物质变身刀枪，我们还不明白这是丼物质自身的智慧，还是向人类学习的结果。如果丼物质既可以自己组织，也可以被组装；既是头脑和智慧，又是工具和武器，那么丼物质自身也可能是一种宇宙文明。我倒更希望丼物质自身就是一种宇宙文明，这样人类才有胜算。如果丼物质是被操控的，那么我觉得人类离灭亡就不远了！第三，丼物质可以寄生在动物体内并且控制动物，目前似乎还没有发现寄存在人身体里的。鸡、鸭、牛、羊、鳄鱼、蜜蜂，听说宠物猫狗都有很多被感染的，死于动物的死者数量也是很大的。从这一点来看，丼物质很有可能是病毒型外星生物。第四，我综合各方面的报道和分析，丼物质可以无比坚硬、刀枪不入，极耐高温，地球上硬度最大的物质钻石和熔点最高的金属钨在丼物质面前都不值一提，而且它还能承受极强的电荷。"

李泰勒接着说："我们来看几种最常见的外星生物的分类，病毒型外星生物、极端环境幸存者、社会性昆虫生物、初级自我意识和文明的 AI、霸占生态圈型的生物、强寄生文明，这些是最可能的外星生物的形态。当然有其他更高级的，比人类高级无数倍的外星文明，我们也要考虑。你说丼物质更像哪个？"

李瑟琳刚要开口，李泰勒就补充说："或者哪几个呢？"

李瑟琳说："如果它是外星物质，而且有生命和智慧的话，那这些类型都有可能，或者说，丼物质可能远超这些类型，甚至超过人类了。"

李泰勒看着李瑟琳，没有任何表情，停顿了一会儿说："超过人类，我觉得倒不至于。人类已经探测到完整数据的星球有 2000 多万个，其中只有 69 个星球有生命存在，而且这些生命都未发展到高等智慧的阶段，大部分都是极端环境幸存者和社会性昆虫生物，当然也有很多类似地球的植物、昆虫、鸟类和哺乳动物的物种，这些生命和丼物质根本不是一个档次的。虽然说宇宙在理论上无限大，但是第一次到达地球的外来物种就能等同或者超越人类的概率也不大，当然并不是没有。"

李瑟琳提示父亲要注意一点，因为她的观察和研究证明并非所有丼物质都是同时具备"智慧"和"工具"属性的，它很可能是分等级的，层级比较低的可能只是个工具，并不具备智慧，或者智慧程度极低。

李瑟琳想起骷髅头项链的事情，把高能保护球和成分检测报告递给了父亲，并且问他："这个包含放射性物质，该不会是有人要害我吧？"

李泰勒看了一会儿说："镉，1817年被发现，和锌一同存在于自然界中，是一种吸收中子的优良金属，制成棒条可在核反应堆内减缓链式裂变反应速率。镭是居里夫人发现的元素，镭的发现对科学贡献巨大，它具有很强的放射性，其中最稳定的同位素为镭226，半衰期约为1600年，世界卫生组织国际癌症研究机构公布的致癌物清单中，镭及其衰变产物在一类致癌物清单中。"

李泰勒看着李瑟琳，没有任何表情，说："这个东西肯定有来历，锌可以做饰品，镉和锌伴生，可以理解，镭出现在饰品上，却极为罕见。能把镭元素融合在里面，锻造加工成饰品，更不简单。这是一个男士饰品，不应该是为了害你专门做的。"

说完，二人都陷入了深思。

哈尔斯确认哥哥汉克斯安全后，两个人联系得也并不多。如果是陌生人，他们或许能滔滔不绝地聊天，但因为太熟悉了反而不善于也不屑于沟通。蒋吉尝试用汉克斯的手机和李瑟琳联系，发现这个手机早就做了硬件锁定,只能支持单个的点对点联系。蒋吉和哈尔斯有的时候会聊会儿天,哈尔斯给蒋吉讲自己当年的辉煌战绩,蒋吉表示很羡慕哈尔斯有这么丰富多彩的经历,很向往这样的生活,哈尔斯便开始深恶痛绝地批判这种自由的成长环境,还有这种过度宽松的教育环境。

除了各种天南地北地闲谈,蒋吉通过哈尔斯了解到最新的外界信息,然后与汉克斯进行分享。他了解到,地球安全防务局正在有计划地开启全世界各地的防空洞体系,同时呼吁全世界各地的人民拿起武器,保家卫国。各国政府开放更多的武器库、军械库,把武器发放到更多的人手中,联合洲政府警卫安全保护署和各国人民政府配合实施,引导全球人民安全抵达就近的防空洞体系。

蒋吉问哈尔斯为什么防空洞就安全呢?哈尔斯查了些资料,解释说,在 2130 年,由全人类投票,地球安全防务局、太空星际安全管理中心发起的《关于极端情况下为保证人类文明及物种延续性加大经费投资的申请》获得通过,其中 3 万亿世界元用于对全世界数万个防空洞进行加固升级,所有的防空洞都使用了最先进的技术和材料,包括隐秘性提升、武器配备、纳米级的新型超金属材料浇筑、最新型的生命供给系统、模拟地球环境的地下空间等。

阿什凯隆市是位于加沙以北大约 10 千米,以色列南部区内盖夫西部的一个城市,这里曾经被战火侵扰,后来逐渐成为度假旅游海景城市。但是人们并不知道,整个城市的地下是一个巨大的军工厂，每天数十批次的军用运输飞行器搭载着 GONTEL、肯贝斯等公司的库存机器人通过埃拉特港口的地下专用秘密通道进入阿什凯隆地下军工厂。军工厂内，B0-3 特种装配区尤为忙碌，这里有由 160 多台工业机械手组成的自动化流水线改装车间，锻造线的装配、焊接工序、供应线的抓取工序、涂装车间的喷涂、检测线上的测量与检测、机器视觉的辅助判别等无不是全自动化控制。电气系统采用基于 NPLC 控制的、与生产线总控计算机联网的自动化系统。

  超声波避障的全自动分拣系统，根据机器人不同的品牌型号，将其送入不同的流水作业。不同形状的机械手臂不停地重复抓取、翻转、移动等动作，变魔术似的，一台台人类当今最先进的战斗机器人——地球捍卫者 ED 便诞生了。几大全球科技巨头配合地球安全防务局共同研发的第一代战斗机器人 ED-1 采用了诸多复杂的技术。

  新型的重离子枪、云爆弹被装配在这些机器人身上。重离子枪可以在 5000 米内发射超过 10 万摄氏度的瞬间高温，原理是重离子对撞机将两束带有电荷的金离子以极高的速度对撞，特殊装置收集热量后精准射击。云爆弹是一种使用固体燃料的空气弹药，简化了老式燃料空气弹的结构，穿甲弹壳可以射穿老式装甲车，单个云爆弹尺寸压缩到了几毫米，但是其杀伤力是 5.56 毫米狙击枪子弹的三倍。每台 ED-1 配备 800 个云爆弹。

  除装备了武器以外，ED-1 还增加了先进的动力系统，硅碳复合材料电池配合无线电波方式充电，在人类活动区域几乎可以获得源源不断的动力。远程在线控制，可以成为真人特种兵的"阿凡达"替身，同步特种兵的动作进行现场实战。其他的还有互助与自救功能，协同作战功能，远程诊断与系统自动升级功能，喷涂新型保护材料等等。

很重要的一点是，为了防止叛变或者做出危害人类的事情，所有 ED-1 均配备了自动毁灭功能，ED-1 还可以变身为大炸弹，自爆程序启动后将引燃其携带的所有云爆弹。为了防止丼颗粒的侵入，增设了多种硬件防火墙和防入侵安全软件，并且其所有指令执行前均须与人类设定的初始程序比对，只有在保证是执行真正人类指令的情况下才可以继续运行。

OAMPA 原先生产的一批并未使用丼颗粒的警用机器人和 Umbrella 生产的一批高度仿生仿真机器人也被用来改造和装配。蒋吉在之前参加联合洲政府警卫安全保护署会议的时候，曾经被地球安全防务局秘密约谈，他当时答应提供 2000 台机器人并且共享机器人技术。

地球上，人类大规模制作的第一批战斗机器人总共约 10 万台，正源源不断地从阿什凯隆地下军工厂装配出来，根据杀人机器人的 GPS 信息一夜之间被投放到了全球各大战场。地球安全防务局协调各国抽调的上百名特种兵操控的 ED-1 自动成为附近 ED-1 的队长，数百个 ED-1 的队长带领着机器人在全球向各个杀人机器人阵营发起了猛烈的攻击。除了主动出击，ED-1 部队还会守株待兔，由于 ED-1 掌握着杀人机器人的 GPS 信息,每当杀人机器人进入射程范围后,ED-1 队长便组织机器人疯狂地向敌军机器人开火射击。云爆弹像长了眼睛一样,一般数发云爆弹就可以炸毁一个敌方机器人。

当然,面对敌方动物军团成群的出击,ED-1 也有很多牺牲和倒下的,尤其是面对数量巨大的蟑螂、蝴蝶、萤火虫、瓢虫、蜻蜓等小型动物的时候,ED-1 根本没有办法射击和反击,甚至自爆程序都来不及启动便被肢解了。

但这一战术总体而言还是取得了巨大的成功,ED-1 损失 138 台,消灭敌方机器人超过 7 万台,目前敌方机器人剩余 800 多万台。

但就在这个时候,一个不幸的消息传来:所有敌方机器人的 GPS 信息都突然消失了,军方从 OAMPA 接手的出厂设备监控装置中只能时有时无地看到 GPS 信息,而网上共享的 GPS 位置 API 数据彻底消失了。自从有了敌军 GPS 信息,军方已经陆陆续续消灭了数百万台杀人机器,这已经成为人类最大的优势之一,现在这样的优势突然消失了。联合洲政府警卫安全保护署、地球安全防务局紧急召开会议,寻求解决办法和对策。

去往月球城、太空城和外太空的宇宙飞船已经全部停止运营,此刻的地球,被巨大的噩梦所笼罩着,噩梦无色无味,没有形状,像是空气一样,无处不在。不管男女老少,也无论皮肤是何种颜色,不管贫穷还是富裕,也不论是才华横溢还是庸庸碌碌……这些突然变得不再重要,与生存相比,都是多么渺小和可笑啊!

黎明的曙光和淡淡的晨雾交融在一起，唤醒了大地万物，太阳躲在云层后蓄势待发，很快太阳越升越高，射出万道金黄色的光芒，照射在水面上反射出闪闪的亮光。以往本应繁忙和喧哗的街道空空荡荡，人们像老鼠一样到处躲藏着，除非生死攸关才会出来觅食或者活动。楼宇间、地下室内、地铁隧道里、飞行器内、下水道中、树林里、山洞中、桥底下、窑洞里、渔船上，到处可能有人躲藏着。大部分教堂、图书馆、市政大厅、医院都住满了人，并不是这里安全，而是政府的赈灾补给物资有的会投放在这里。另外，很多军事基地、政治中心、首脑官邸附近也都挤满了人，因为这些地方有专职的军警保护着。

　　老百姓自发组织的地球护卫队，有的驻扎在人类聚居区，有的四处巡逻追赶机器人，更多的还没来得及留下番号便已经从历史上消失了。越来越多的人响应政府号召，纷纷奔向政府开放的武器库和军械库，去免费领取各类武器。很多人开始收拾东西，前往就近的防空洞，因为据说那里是为了在极端情况下保证人类文明及物种延续的安全级别最高的场所。

　　几千米以外，新大洲主岛与航空岛接壤的地方，有座依山而建的半圆形建筑，那是新大洲的主要军事武器库，除了高精尖和战略新兴武器以外，新大洲的大部分武器都保存在这里。

　　虽然不是第一天发放武器，但是今天来的人格外多，上千人排着队等待领取枪械和弹药。武器库的装备大部分都是几十年前全球裁军潮时留下的。一个满头白发的老大爷正在和发放武器的年轻士兵理论："不行，我就想要 M16A4 突击步枪，5.56 的。"

士兵道："大爷，给您把 M416，现在比较多的是 M416。"

老大爷吹胡子瞪眼："不行，我就要 M16A4，我在游戏里面用的就是这个，别的用不惯。"

士兵无奈道："大爷，游戏里的枪和真枪不一样……"

话没说完，远处飞来一枚导弹，整个武器库被炸毁，上千人当场毙命。与此同时，近千发"杰达姆"钻地弹向全球上百个军事武器库同时发射，只有少部分被自动拦截或成功防护，80 多个武器库被炸毁，全球合计数万人在这次轰炸中当场丧生。

当天下午，调查结果出乎所有人的预料，启动全球主动打击系统发射指令的竟然是联合洲政府警卫安全保护署署长詹姆斯。全球主动打击系统自从 2084 年被部署以来从未使用过，即便是警署老领导，好多都已经不记得这个撒手锏，这是一套针对全球性恐怖主义活动的即时主动打击重器。这一消息轰动了整个网络，无数网友对詹姆斯表达了无比强烈的痛恨和谴责，当然也有很多真真假假的"爆料"，众说纷纭。

下午，官方正式通告发出，警卫安全保护署原署长詹姆斯已经自杀身亡，联合洲政府副秘书长及多人引咎辞职，联合洲政府秘书长奥尔德里奇发表网络讲话："我们将对事件所有相关人员进行彻查，凡是实际参与执行射击的责任人一律按照背叛人类罪执行死刑；与詹姆斯关系紧密的人，全部缉拿审讯，凡是直接或者间接参与了本次事件的人，按照背叛人类罪执行死刑。"奥尔德里奇宣布完这些，泣不成声，说："联合洲政府自成立以来，一直致力于促进各洲各国的国际安全、经济发展、社会进步，我作为联合洲政府第46届秘书长，在我的任期内出现了如此重大的事故，不仅毁灭了现存的武器枪械，更夺走了数万同胞的生命，沉重打击了人类战胜外星物质的信心，对此我有不可推卸的责任。"奥尔德里奇讲到这里，环顾了一下四周，突然掏出枪冲着自己的太阳穴开了一枪，当场倒下。

联合洲政府的工作人员都吓坏了，现场乱作一团。

睡梦中，蒋吉感觉到自己瞳孔刺痛，他习惯性地用力摇晃着脑袋和身体，想挣脱出来，可是感觉自己瞬间被吸进去了，他又被联网了。不过这次的场面并不像之前那么混乱和动荡，他站在一个超级大的广场上。

到处灰蒙蒙的，极远的天空变成黑色，现场极其安静。整个广场分为两部分，左边以机器人为主，右边以人类为主，都是一些精壮的年轻人，蒋吉正好在左右交界的地方。他虽然站在人类的队伍里面，但是离机器人倒是很近的，他想确定是不是要严格地按照队列站，他仔细去看的时候，发现其实机器人队列中也有很多人，人类队伍里面也有很多机器人，便踏实了一些。人类的队列里面还有很多小孩子，甚至有婴儿，在整个广场最前面的位置，能看到一辆辆巨大的车，车分成三层，婴儿密密麻麻地站在那些车上。

正前面，只看到左侧是几个黑箱子，右侧是一个金字塔，金光闪闪。他看了半天，也没有什么动静，感觉等了好长好长时间，他想这些家伙都竖在这里干什么呢？

现场非常安静，偶尔两边有互相走动的，有从这边走入那边的，也有从那边走到这边的，但是却听不到任何的脚步声。现场的气氛庄严肃穆，像是在等待什么，蒋吉心想或许会有领袖、将军或某个大人物出现吧。

可是自己到底应该属于哪边呢？蒋吉正在纠结这个问题，突然一个熟悉的身影一闪就不见了。这个身影是谁呢？他还没有把这个身影和某个人关联起来，这人便眨眼就不见了，像是某种意识闪过以至于他怀疑起了自己的眼睛。

他想找人聊聊天，他记得上次大家还挺热情的，怎么这次谁也不理谁了？广场上数万，数十万，也可能数千万的机器人和人类都笔直地站在那里，像是一尊尊雕像……

蒋吉挣扎着醒来，想把自己刚才的梦境讲给汉克斯听，但是汉克斯正在熟睡，叫了几次都叫不起来。他无奈又躺下了，他想知道后面有什么仪式或者讲话，睡着后好几次试着继续进入刚才梦中的场景，都没有成功。

旁边的汉克斯感觉到有电话呼入，便醒来接听了电话。电话是哈尔斯打过来的，哈尔斯说："哥呀，你玩儿得挺好吧？"

汉克斯半睡半醒，没好脾气地问："玩儿什么？有没有正事儿？

没有我就挂了啊。"

哈尔斯赶紧说:"别啊,哥,我给你发些东西看看。"

汉克斯看完,差点没气出病来,脸又红又黑,已经没有了睡意,对着哈尔斯吼:"这种谣言你都信,你是不是我兄弟!我对天发誓,我跟詹姆斯没有任何私人关系,只有前段时间在一个群组里面开过两次会。"

看哈尔斯没有反应,汉克斯继续说:"没有就是没有,你把我当什么人了?还有没有别的事?没有的话我就继续睡觉了啊。"

哈尔斯说:"等会儿啊,我给你说下最新进展,奥尔德里奇在开发布会的时候开枪自杀了,不过没死,子弹穿过颅骨,但是没有伤着大脑关键部位,正在抢救,估计可以康复。"

蒋吉这个时候醒了过来,问汉克斯在和哈尔斯聊什么,汉克斯转述了詹姆斯把全球武器库都炸毁后开枪自杀身亡、联合洲政府秘书长自杀未遂正在被抢救的消息。

哈尔斯插话:"不对,没说是詹姆斯干的,只说用了詹姆斯的指令,然后,警署上下抓了很多人,正在突击审讯呢。"

哈尔斯顿了顿,接着说:"还有最新的新闻,就是詹姆斯的女秘书丽萨,这个女人失踪了,警方、军方正在全球通缉她。我觉得这个事情肯定跟这个女的有关系,蛇蝎心肠呀!"

蒋吉说:"别吵了,我给你们讲一下我刚才的梦。"他简单地把自己的梦境描绘了一下。

汉克斯问:"箱子?你说的箱子是几个?什么样子的?"

蒋吉说："我也记不清楚了，本来第一次醒来的时候很多细节都记得特别清楚，想给你讲，但当时你正在睡大觉。"

哈尔斯又问，箱子是不是黑黑的、重重的，又问箱子多大，会不会动。

蒋吉说："是黑的，多大确实记不得了，会不会动，也记不得了。"

汉克斯说："那是不是就是我的那几个黑箱子啊？我之前不是给你讲过我和黑箱子的故事嘛。"

蒋吉说："噢，可是我没见过你说的黑箱子啊。"

汉克斯说："这么来看，有很大可能，你梦到的就是我之前的那几个黑箱子，如果是这样，也很符合逻辑。黑箱子神通广大，这些机器人都是黑箱子指挥的，黑箱子搞个阅兵仪式啥的很正常啊。"

蒋吉说："哦，可是旁边还有个金字塔呢，而且现场什么动静都没有。"

哈尔斯说："你说的金字塔，它多大啊？什么样子啊？是埃及的那种金字塔吗？"

蒋吉说："我怎么知道啊！"

大家还是不得其解，哪儿来的金字塔呢，难道这个事情和埃及金字塔也有关系吗？金字塔自从被外界知道以来，就充满了无数的传说和猜想，虽然后来大部分都被证实了和外星人无关，但是仍然有多个未解谜团，比如紧紧贴在木乃伊身上或放置在陵墓中的护身符是用纯度较高的含铀矿石制作的，而铀可以说是整个人类的巅峰科技，是原子弹和其他所有核武器、核动力的核心材料。21 世纪中后期，整个人类崇尚未来科技，已经很少进行考古和历史的深度研究，所以历史和传统几乎已经被抛弃了。

失去了敌方杀人机器的 GPS 信息，地球捍卫者机器人就无法实施精准追踪和打击了，充当 ED-1 真人队长的上百名特种兵也各自被安排了其他任务或者被各国政府召回。投放在世界各地的 ED-1 只能自行寻找目标，或者根据地球安全防务局提供的情报信息进行搜寻和打击。

一个由 10 台 ED-1 组成的标准班正行进在河堤上，河的两岸都筑成了堤，河堤可以抵御洪水泛滥，挡潮防浪，河堤的外围是个土坡，长满了杨树和柳树，柳树的枝条向下垂着，就像一条条纤细柔软的线，线上挂满了绿色的叶子。

ED-1 的高精度摄像头、毫米波雷达、激光探测仪等不断扫描着各个方向的图像，标尺、参考线、水平线、测距仪等组成的蜂巢状网格构成了机器视觉系统的一部分，画面被 ED-1 的计算器和控制器调整处理着，同时所有资料都被回传到地球安全防务局的大型计算机进行存储和分析。正在前进的 ED-1 突然检测到有小型金属颗粒射击过来，机器人们迅速闪躲并且跳到堤岸外围的斜坡后面，但是已经有两台 ED-1 被击中，迅速爆炸了，ED-1 死亡瞬间将数据传回到防务局。

防务局的军事专家将紧急数据做了优先处理并将其呈现在巨大的屏幕上面，屏幕上显示远处一个石桥后面有敌方机器活动，将屏幕局部放大，可以很清晰地看到几毫米的金属块是从敌方机器的刺刀刀背的一个圆孔中发射出来的。

军事专家非常惊讶："我们都知道原来杀人机器使用的武器是刀和枪，其中枪类似我们的电磁枪，这种枪发射的是高能电磁脉冲，敌军的枪和我们的 XM8 不相上下，虽然我们还在对各类结果进行数据分析。在我们使用了毫米级的云爆弹，并且和敌军交战几次后，我们可以发现，敌军已经学会并且模拟了我们的云爆弹枪，并且敌方机器人发射的毫米级丼子弹同样可以在穿透 ED-1 的钢甲后剧烈爆炸。"

接着，他对研究助理说："你把爆炸的数据分析一下。"研究助理很快得出了结论："一个毫米级丼子弹爆炸后产生的威力与我们的云爆弹持平，甚至更强一些，大约 3 倍于 5.56mm 的狙击枪子弹，射程尚不清楚。"

防务局指挥官面色沉重。

军事专家继续发言："我们先继续看前方传送的数据吧，只是这 10 万台，我们不可能再进行硬件升级了，只能升级软件和算法。"

只剩下 8 台 ED-1 的捍卫者小班躲在坡后，它们也已经发现远处石桥后面埋伏着敌军，但是并不清楚有几名敌军。双方僵持了一会儿，都没有任何行动，也没有任何张望或者探身等小动作。ED-1 班派出了一个辅助探测仪，但探测仪刚刚升起来就被击落了，但是这瞬间，ED-1 精准锁定了开枪的敌军，使用重离子枪，一束粉红色的光射击过去，穿透了桥，精准击毙了一名敌军，敌军脑部被烧了个大洞，倒在了桥侧的地面上。重离子枪使用一次需要常规充电 10 分钟，在这种边远山区，可能至少要过十几个小时才能再次发射，同时这台 ED-1 已经发出电量预警，仅有 18% 的剩余电量了。双方又陷入了僵持。

不久后，电量预警的那台 ED-1 冲上了堤坝，向桥的方向疯狂地发射云爆弹。敌军就像动物嗅到了食物的味道一样，纷纷开枪射击堤坝上的捍卫者。其余 ED-1 很快锁定了敌军位置，纷纷射击云爆弹，本来以为这样可以击毙敌军，可是没想到敌军发射的丼子弹迅速精准地拦截了云爆弹，云爆弹和丼子弹在空中爆燃，巨大的火球和冲击波震得两边的柳树狂摇乱摆，有的柳树已经被拦腰斩断，河水腾空而起，冒起了阵阵白气。但是两边的机器人丝毫不受影响和干扰，继续疯狂地对射着。

又有三台 ED-1 启动了重离子枪，重离子枪发射完以后，这三台 ED-1 冲上堤岸，并且向对方疯狂发射云爆弹，又有三名敌军被击毁，堤岸上的 4 台 ED-1 也都很快被击中，轰然爆炸。

敌军一名机器人在逃跑过程中被射杀，发生了剧烈的爆炸。

远处的桥已经被炸得不成样了，有的石头已经被烧化，有的到处是洞，桥上的栏杆基本上都已经破碎了。两侧的杨柳好多都被放倒，有的虽然立着，但是燃烧着熊熊大火，刚才还绿意盎然的树叶，现在大都变得焦黄，也有的变成了黑色、灰白色。剩下的 4 台 ED-1，其中一台也已经被炸开了脑袋，其余三台启动了救援模式，诊断显示"中央处理器严重损坏，无法修复"。这台受损的 ED-1 已经失去了"大脑",但是它的躯体具备自主意识和控制能力,站起来后走了两步又倒下,又继续站起来。剩下的三台 ED-1 对"无脑"的 ED-1 下达了自毁指令后,继续向前行进。

地球安全防务局的一名将军把大屏幕上的视频放大,在场所有人看到,桥侧倒下的那台敌方机器人,刺刀很快融化了,身上的黑颗粒聚合,然后像一群蚂蚁一样钻入"活着"的机器人身上。其他倒下的机器人也有类似的情况,这些黑颗粒像蛇一样沿着地面行进,然后从别的机器人的脚部钻进去。

军事专家问:"以前我们拍摄过这样的场景吗?"

将军说:"没有,因为以前我们的战士配备的摄像头无法实现这种超高分辨率,而且以前的战场尘土飞扬,图像背景过于杂乱,而这次石桥是白色大理石的,而且桥两端与河堤衔接的地面也是白色大理石打造的。"

这名地球安全防务局的将军问道:"我们能不能查到目前全世界有多少杀人机器人的武器已经升级为了丼子弹枪?"

旁边的同事、高等数据分析师说:"目前通过我们全世界所有战区监控和鹰眼观测系统统计,持有丼子弹枪的新型敌方机器人大约有 200 台,其余数百万机器人目前使用的还是原来的电磁枪。"

将军继续说:"目前我们虽然还不知道丼子弹枪的射程、发射频率,或者说丼子弹枪能同时打击多少个目标,但如果丼子弹枪能在同一时刻瞄准数十个目标、同时发射数十发丼子弹,那无疑是非常恐怖和危险的。我们能不能趁丼子弹枪尚没有在敌方机器人中大范围普及和进化的时候，集中兵力快速消灭它们？大家有没有意见和补充？"

众人保持沉默，将军随即安排抽调一部分 ED-1，集中投放到使用丼子弹枪的敌方机器人周围，不惜一切代价将使用丼子弹枪的敌方机器人全部歼灭。同时，将军重启了精准打击 GPS 机器人的行动，虽然 GPS 信息时有时无，但是只要监测到杀人机器人的 GPS 位置信息就能精准打击，这样应该可以打击一批杀人机器人。

李泰勒收到了一份加密的资料，打开一看是两段视频，一段是丼子弹发射后穿透钢甲爆炸的画面；另一段是丼颗粒从一个死亡的机器人迁移到活着的机器人体内的画面。李泰勒叫李瑟琳过来看这些视频，想顺便商量一些事情，喊了两声，她都没有回应。李泰勒各个屋子找她，看到消防飞行器又不见了，估计她又开着消防飞行器去蒋吉的住所了。李泰勒叹了口气，也没有办法。

网络、电力、交通等设施基本上已经中断或损毁，航线几乎全部被破坏，各级航务管理局无人值守，这种情况下驾驶飞行器是非常危险的。而且，病毒爆发时飞行器对高楼大厦狂轰滥炸，空中的线路系统和城市空间地图的数据已经完全不能使用。如果非要驾驶飞行器，只能选择"人工操作"或"半自动"驾驶模式，不管怎样都很危险。而且，还有防不胜防的杀人机器人和不计其数的杀人动物，每次李瑟琳外出，李泰勒都提心吊胆很长时间。

李泰勒对于李瑟琳这种非常不理智的行为很生气，嘴里嘀咕着:"回来后一定得骂她一顿,认错态度不好的话就再骂一顿。这个疯闺女简直比小子还不让人省心,上次差点把基地屋顶给炸了,怎么感觉自从和蒋吉一起后变了个人似的。"

李瑟琳自从和父亲搬走后,蒋吉家她已经回来过两次了。她每次过来,都把飞行器停在蒋吉飞行器旁边,他的车库被炸过,屋顶坍塌下来,压着飞行器,但是因为李瑟琳开的是个小型消防探测器,旁边的空间绰绰有余。

李瑟琳在消防基地仓库发现了这个小型消防飞行器后,潜心研究,虽然她以前从来不开车,也不开飞行器,但是她决心学会并且掌握到熟练驾驶的程度。消防基地的地下空间很大,前几次驾驶都是父亲坐在旁边指导她做些简单的启停,也就是一两米高度的悬停,前后左右的移动等最简单的动作。有一次飞行器突然加速上升,眼看就要撞上屋顶,要不是父亲的手早就放在紧急迫降的按钮上,估计这飞行器会把屋顶炸出个洞,他俩可能也没命了。

李瑟琳在蒋吉的密室里面,蹲在健身球的旁边,健身球就像一条被猫咪撕烂的长裙,上头布满大大小小的窟窿,各种形状的碎片藕断丝连。不远的地上,同样破碎的还有蒋吉送给她的家居服,电子相册也碎了,那里面曾经有几张蒋吉和李瑟琳牵手的照片。现场简直是惨不忍睹。李瑟琳非常沮丧,这是上次她来这里后留下的杰作,她不知道他回来后会不会责怪她。

为什么这些东西会被李瑟琳剪碎、摔坏呢?这得从前两次她来密室说起。第一次,她因思念蒋吉,来这里待了四五十分钟。看健身球没有完全收缩,用操作设备吸出了其中残存的部分气体,然后把健身球整齐地叠放在地上,最后收拾了下桌子上的杂物,给蒋吉手写了卡片,就走了。

第二次,她过来后看了会儿书,突发奇想地打开蒋吉的通信记录偷看,豁然看到了丽萨给他发的露骨信息。丽萨不就是警署署长詹姆斯的秘书吗?前两天网络上有报道,一看就是个风骚的女人。蒋吉居然和这样的女人厮混,还骗自己说是去警署开会了,估计现在早和这个丽萨私奔了吧,可怜自己还这样痴情,真是天真啊!她又找了更多的通话记录和信息,不过都没有和丽萨相关的。

李瑟琳想:"这条肯定是没删干净或者忘了删。好你个蒋吉,老虎不发威,你拿我当病猫啊!"她的小宇宙当时就爆发了。"和我还在一起呢,就和别的女人乱搞了,你心里到底还有没有我?难道你和我说的那些甜言蜜语都是骗人的?蒋吉啊蒋吉,没想到你是这种人,亏我还一直挺崇拜你的,看来你和社会上那些花花公子没什么区别!"

李瑟琳疯了一样把电子相册扔到地上,还踩了两脚,看到地上的健身球和蒋吉给她买的家居服,她气不打一处来,找了把剪刀,"呲啦呲啦"地开始胡乱地剪。

回去后,李瑟琳闷闷不乐,都不怎么吃饭了。后来她突然想到,据说丽萨是个大魔头,是伙同詹姆斯、汉克斯消灭地球的,蒋吉不像这么坏、这么狠的人,反而每天都费尽心血研究打败并物质的办法。而且蒋吉还救过自己,救过至少几百万、几千万的游戏用户。李瑟琳开始动摇了,她从很多方面、各个角度去想,怎么想都觉得蒋吉是个苦命的孩子,不是那种特别坏的人。他还是很憨厚诚实的,一个坏人不可能藏得这么深,而且他爱不爱我,我是能觉察到的。李瑟琳心情逐渐变好了,又开始每天给蒋吉写卡片。

李瑟琳把手里的卡片放在蒋吉的桌子上,驾驶着小型消防飞行器回到了基地,她蹑手蹑脚地打算回自己的房间,却被父亲严厉地叫住。走到父亲的面前,李瑟琳满脸通红,头都不敢抬起来。本来非常生气的李泰勒,突然发不起火了,就叫她和自己一起看那两段视频。

李瑟琳看后,和父亲说:"我觉得这能支持之前我们的一个猜想,那就是丼物质是分等级的,而且是社会群体协同作战的,一个宿主失效或死去,则寄生的丼颗粒会转移到另外一个宿主身上。同一宿主内,丼颗粒是分等级层次的,变身为刀枪的丼颗粒级别应该比控制宿主行动和思想的丼颗粒级别低。"

新大洲中心数平方千米的区域是本洲最繁华的中央商务区,这里高楼林立,寸土寸金。这里的第五大高楼叫九转鼎,总共189层,顶层是一个叫金仕盾的高档俱乐部。

灾难爆发以后,整个中央商务区几乎成了无人之地,大楼大多都倒塌了,九转鼎大厦却保存完好。金仕盾俱乐部的天花板模拟了夜晚的星空,无论是太阳系内的水星、金星,还是太阳系外的猎户座星云、马头星云、猫眼星云等，都可以用肉眼或观测设备看得清晰明了。靠着银河的几颗星，多像一只在银河中展翅飞翔的天鹅，那就是"天鹅座"。在银河南端的几颗星，多像一个高举双螯、翘着尾巴的大蝎子，它是有名的"天蝎座"。"天鹰座"像一只天鹰，非常明亮。"猎户座"的七颗星闪耀着，挂在四个角下方的"猎户甲星"，就是那较大的一颗。北边的极点，有一颗闪亮的星，那就是"北极星"，"北极星"下面有六颗闪亮的星共同组成了一个勺子样的图案，它们就是"北斗七星"……

站在楼顶仰望，世界是如此的寂寥，恨不得用一世的梦，揉碎在夜空，化作天上的繁星。

俱乐部大厅的地面是黑色的，偶尔有绿色的荧光从底下钻出来。人们三五成群地站着，面无表情地对着视频画面谈论着什么。视频的画面上显示着不同的内容，有的是成群结队的老百姓迁移的画面、有的是机器人和机器人作战的场面、有的是数据和报表、有的是各种复杂的程序和推理，各地人们遇袭和反击的视频画面也正在播放。

侧面的台子上，一个个子不高、穿着深黑色紧身套装的短发女孩在正中间禅坐着。她的衣服质地坚硬，更像是盔甲。她身旁围着一圈同样在禅坐的人，有男有女，都很年轻，坐姿笔直。仔细地看，这些人都眼睛半睁，瞳孔发绿，像是戴了绿色美瞳；这些人的额头，都有黑色的虫子在蠕动，有的正从皮肤里钻出来，有的正在钻进去。

大厅四角，有四座并不高的金黄色的三角形塔，金光非常柔和。

广场上的人，手一合一张，一个视频画面就可以打开或关闭，走廊入口处的两个人打开了一个巨大防空洞的监控画面。

外面的世界，艳阳高照，克里米亚半岛几十万人口，正在从各个方向汇集到西南岸，黑海之滨，这里港湾优良，是不冻贸易港，最主要是因为这里有世界知名的防空洞。

塞瓦斯托波尔洞库，几个世纪前曾经被赞誉为世界上最安全的地方之一。洞库体积巨大，仿佛一栋巨大的楼体，总共五六十层，可以容纳80万人左右。在2130年，大量先进的技术、武器和材料投入这里，从外面进入至少需要突破三层防线，这里的地表能够承受得住数枚原子弹的同时袭击。

地球安全防务局，一处秘密的指挥中心正在召开会议，一个大的视频系统正在播放着近来全世界无数人类自相残杀的画面。播放了两三分钟，有人关闭了视频的声音，将军开始讲话："联合洲政府的官员认为这是一种新型的恐怖主义，我并不这么认为。他们纯粹是胡扯！"

将军看了下大家，降低了说话的语调："我们抓捕到了部分残杀人类的年轻人，进行了全面的医学、生物学检测，我们最终得到的结论是，所有这些刽子手，都是改良仕。"将军停顿了一下，其他与会的人开始窃窃私语和讨论，有的仍然睁大了眼睛继续听。

将军继续说："是的，根据我们大胆并且自信的推断，所有这些恐怖分子，有规模、有组织地屠杀人类的都是改良仕。改良仕有几个特点。第一,都是年轻人,从婴幼儿到 30 岁,大约是这个范围。第二,改良仕是可以联网的,这个我们大家应该都知道,改良仕异常聪明,而且可以接入网络迅速学习,利用特殊的网络进行通信。第三,改良仕已经迅速集结,形成了队伍,这是一些刚刚拍摄到的视频画面,我们可以看到,改良仕已经不再是原来的个体或者小规模群体,我们监测到成群结队的改良仕正在集结,最大的改良仕团队已超过 2000 人,已经赶上我们一个加强团了。改良仕全球集结,增长的速度非常快。我先说这些,大家可以讨论和发言。"

"真是太匪夷所思了,也就是说丼物质不仅控制了我们 2000 万台机器人、无数的昆虫动物,现在居然侵入到人类身体内部!我的天啊,太恐怖了!这样下去我们人类岂不是要灭绝了?!"

"改良仕占人类的比例很低吧,我们有没有这方面的统计数据?另外,谁有直接证据证明改良仕是丼物质控制的?如果没有,那先不要妄下结论,扰乱视听。"

"我们这些年一直实行的是自由宽松的人权政策,弱化政府对人权的干预,这个数据还真没有。"

"现在关键的问题是我们该怎么办?人类该怎么办?"

讨论这些问题的时候,几个年纪大的老专家都沉默不语,眉头紧皱,他们已经算是地球上见过最多世面的人了,在目前这种情况下,居然也没了主意。

将军继续发言:"人最伟大的一点就是——希望!哪怕到了比这更糟 100 倍的境况,我们也不能失去信心,丧失希望!我们已经紧急启动了第二批 100 万台 ED-1 的改装行动，并且这 100 万台机器人今天已经全部运到了装配车间。大家有没有办法对改良仕进行身份识别和特征判断？我们现在的 ED-1 打击敌方机器人是没有问题的，因为可以自动识别杀人机器人，可以保证 100% 的准确率。但我们目前还没有手段识别改良仕，因为改良仕和我们每个普通人的长相都是一样的，换句话说，如果我们能够识别改良仕，待装配的这 100 万台机器人就可以在流水线上增加识别改良仕的模块，这样将来这 100 万台 ED-1 不仅可以自动攻打杀人机器人，而且可以自动攻击改良仕。"

"这个事情关系到全世界人民的权益，我建议必须启动全球人民投票，因为一旦开始攻击人类，后果不堪设想。"

"我们的技术实现不了，仅从外观，无法判别一个人是普通人还是改良仕。"

"这个我认为必须从改良仕的来历、深层次的源头来分析。改良仕是沃森生物当初为了提升人类智慧和计算能力提出的，基因编辑与优化的结果是改良人，植入生物微电子芯片的结果是改良仕。虽然当时反对声音极高，但是因为有的家长主动选择尝试，加上沃森家族的权势和影响力太大，这个技术逐渐开始推广和应用。我们最近的研究成果证明，改良仕使用的生物微电子芯片中包含丼物质元素，所以说改良仕和敌方机器人是同样被控制的。也就是说，沃森生物控制不了改良仕和 OAMPA 公司控制不住自己的机器人是同样的道理。"

"据我所知,有的改良仕采用普通生物微电子芯片,并没有被植入井物质,并不是所有的改良仕都是我们的敌人。"

大家又讨论了很长时间,也提出了一些识别方法,但都不是真正完美的解决方案,最终都被否定掉了。最后大家都没有办法,将军只好不再考虑让 ED-1 增加针对改良仕的识别功能。

俄罗斯莫斯科的地铁系统早已全部停运,两周前,地下空间在地球安全防务局协调俄罗斯政府进行测试、验收后正式投入使用。随着莫斯科及周边居民不断赶来,作为避灾防空洞,这里已经有 200 多万人入住了。

莫斯科地铁系统最初是为备战而建造的,大部分线路都建在地下 50 米深处,一些新线路甚至已经到达地下 100 米的深度。现在,每个来到这里的人都可以免费领取一个旅居胶囊屋。胶囊屋看起来很小,像真空保温杯一样,放置在轨道上后揭下一个标签,会立刻膨胀为一个类似集装箱的个人起居室。绵延上百公里的地铁轨道成为安置灾民的主要地基,所有这些胶囊采用的都是先进的自组装、带记忆的超级材料,膨胀生成的建筑牢牢地固定在轨道上,建筑之间自动黏合在一起。

这里面提供了一个中型城市可能包含的基础设施给民众使用,交通系统也很便利,全部免费的卧式茹蒲舱穿梭系统贴着隧道顶部运行。

克拉斯诺兹纳缅斯克的地下有一个巨大的空间——"桃花庵"

仿真地球生态园,"桃花庵"毗邻莫斯科地铁防空洞系统,并且两者之间有专门的轨道互通。"桃花庵"主要还原的是北温带的环境,即北回归线和北极圈之间的部分地貌及生态环境。"桃花庵"中悬挂着一颗人造太阳,下面是一片广阔的大地,有山川、湖泊、丘陵、平原、江河、岛屿、盆地,这里仿佛就是一个浓缩的北温带世界。

根据俄罗斯政府紧急军务协调指挥部的统一调度,莫斯科地铁防空洞系统马上就要关闭,因为有一大批敌方机器人正在从波兰方向飞过来,只有少部分进入白俄罗斯境内,其余大部分向莫斯科方向飞来。俄罗斯邻国盟军近来重新组建了军队,恢复了尘封的大量军事武器和装备,对于天空上的大批敌军开展进攻。AH-64E 攻击直升机使用毒刺导弹攻击了数十台空中目标,俄罗斯道尔防空导弹系统打击了超过 400 台空中目标,战术激光炮成功击落数百台空中目标,Su-25T 装备的"Vikhr"反坦克导弹射击低速飞行的空中目标也有所斩获。

敌方机器人临近俄罗斯几十公里的时候就已经将飞行高度升至 5000 米以上,并且正在散开。莫斯科以西 60 千米的库宾卡空军基地在地下 200 米深的作战中心接到指挥部的电话,被授权发射 3 枚三相弹,目标分别是敌军左中右位置,插入扇状前行的敌军。三相弹也称"氢铀弹",是以天然铀做外壳,其放能过程为裂变——聚变——裂变三个阶段。在热核装料外包上一层铀 238 外壳,聚变反应时,其产生的高能中子使外壳的铀 238 起裂变反应,释放出更多的能量。

1954年2月28日，美国在马绍尔群岛的比基尼环礁上进行了一次威力约为1500万吨TNT当量的三相弹试验。由于是地面核爆炸，在南太平洋约24,000平方千米地区的上空形成了致命的放射性烟雾。1961年10月30日，一颗直径为2.5米、长约12米的三相弹在高空4500米处被引爆，致使在距离爆炸点500千米范围内的地面上的动物大多全身脱毛，然后痛苦地死去。

3枚相当于400万吨TNT当量的三相弹升空。高空，3个闪着橙红色光芒的蘑菇云迅速膨胀并盘旋上升，随着三声巨响，无数被炸碎的机器人的零部件从天空中像下雨一样飘落下来。在爆炸的中心地带，厚3米、方圆20千米的冰层被汽化。地面上，俄罗斯边界上百平方千米范围内，所有高楼瞬间倒塌，库宾卡空军基地及其周边修筑的工事消失得无影无踪，坦克的炮塔被毁，其他物体也横七竖八地躺在地上。一道白光闪过莫斯科，市区西部正在外面行动的人和动物全部倒下，正在大街上肆意杀人的敌方机器人全部静止，并在毫秒级的时间内燃起了大火，很快也都倒下了。

天地间弥漫着无数的粉尘，太阳的光芒变得暗淡了，整个世界像死一般寂静。一个直径七八公里的大坑像一个被挖掉眼球的眼眶，地面上已经没有了绿色，到处燃烧着大火。奥日兹德拉河下游，两边的树有的着了火，有的叶子已经枯萎，一头茨盖羊已经全身瘫痪，头耷拉在地面上，身体的一面已经被烤焦，另一面黄白色的羊毛刚开始燃烧，火苗映在羊的眼睛里，欢腾地跳动……

这次惊天动地的打击，消灭了数万台敌方机器人，还有数千台已经抵达了莫斯科的市中心。不知道是从各地汇集于此、还是本来就在莫斯科游荡活动的被寄生了并物质的动物，在莫斯科市区到处可见，其中一部分已经和机器人军团会合。

莫斯科地铁防空洞所有的出入口都已经完全浇筑封闭，包括所有的车站入口、通风口、建筑入口、电梯、通道等，所有连接或者可能连接地下防空洞系统的管道及线路已经全部被厚厚的金属墙隔断。使用纳米级设备铸造的无数层新型金属材料构建了一张厚度接近两米的铜墙铁壁，完全地隔开了地表与地下防空洞。目前，莫斯科市地铁防空洞唯一的出入口设在红场。红场是莫斯科最著名的广场，位于莫斯科的中心，更是俄罗斯重要节日举行群众集会、大型庆典和阅兵活动之处。

要想打开入口的通道，必须有最高级别的密码和指令。防空洞有 4 层，自入口起自上而下部署了 4 道防线，每一层就是一道防线。第一道防线是 1000 台地球捍卫者机器人；第二道防线是赫赫有名的俄罗斯第 58 集团军内卫部队第 46 旅的 6000 人；第三道防线是 58 集团军内卫部队警卫连、33 侦察营、131 通信营、136 防化连、司令部、后勤部、政治部和独立电子战营；第四道防线是俄罗斯陆军第 721 警备中队、通信中队和技保中队，他们负责最内层的保卫工作，这一层已经是老百姓的生活区，主要的入口和通道都有军人在防守。

外面，敌方机器人大军和动物军团到处游荡着，基本上没遇到任何的抵抗和反击，它们有的时候聚在一起，有的时候又四处散开，已经连续两三天了，但是没有找到任何防空洞系统的漏洞或者破绽。逐渐地，敌方大部队开始向莫斯科的中心——红场汇集。动物军团的成员有麋鹿、红狐、雪羊、公麝牛、灰熊、蜈蚣、蚂蚁等，总数量超过 5000 万只。

无数的动物仿佛是工程兵，也像是一台台挖掘机、钻孔机，有负责刨坑打洞的，有负责运送渣土石方的，有负责击碎障碍物的……整个红场已经成了个大坑，敌军很快就挖到了将近两米厚的铜墙铁壁，各种动物蜂拥而上，黑色的爪子、喙、獠牙拼命地攻击特种金属防护墙，但是防护墙太厚太硬了，虽然井物质是外星超金属，但是也只是击出了一些小坑小点，想要破墙而入极其困难。

俄罗斯第 58 集团军司令安德烈·弗拉达索维奇·格拉乔夫坐在沙发上，腿搭在茶几上，抽着雪茄，正在专注地听着老唱片打发时间，门开了都没有注意到。突然，他的后脑勺被顶上了一把枪。安德烈没敢贸然行动，只见又有两个年轻人进到屋子里，分别是防化连的叶夫根尼和独立电子营的维克多。安德烈莫名气愤，失控地大喊："你们这是要造反吗？"

叶夫根尼非常平静地走过来，说："我们已经杀了内卫部队警卫连连长，趁他血还热，用他通过了虹膜扫描和指纹识别，已经完成了打开出入口大门的第一步，第二步是拿到紧急军务协调指挥部的令牌密码，第三步是通过你的 DNA 正式启动执行指令。打开大门必须三个人授权，而且其中最重要的令牌密码还是在防空洞外部由专人保管。"

"你们是什么人？"安德烈停顿了一下说："你们是改良仕吧？

你们为什么要这样，难道你们不是人吗？你们看着地球亿万同胞被残酷杀害，难道你们没有一丝的愧疚吗？你们的父母和亲人养育和关爱着你们，难道不是整个地球、国家、社会养育你们长大成人的吗？"安德烈讲到这里，有点激动，想站起来但是被按住了。

安德烈继续说："敌军在外面打洞挖坑，我们早就监测到了，它们再攻一年也不会攻进来的。想开大门，最重要的是令牌密码，密码由防空洞外的专人保管，你们不会得逞的！"

叶夫根尼说："安德烈司令官，您不必激动。令牌密码我们会自己破解的，我们改良仕代表了人和计算机的共同智慧，而且我们这是在内网，对吧，维克多？"

维克多戴着一副很厚的眼镜，头都不抬，"嗯"了一声，两手在一个手提箱中的键盘上飞快地敲着，屏幕上快速闪烁着各种颜色的命令行和执行结果。不一会儿，密码被攻破，维克多将一个橙色的页面放大，上面显示：

启动出入口通道大门

第一步　完成

第二步　请输入令牌密码

维克多输入指令，确认后，屏幕上显示：

指令输入正确

这个时候屏幕变成红色并开始闪烁，出现文字：

  第三步 请完成DNA特征比对

  安德烈放在腿上的手摸索着沙发缝想把枪取出来，可是站在他后面的人迅速开了一枪，把他的手掌打穿了个洞。安德烈惨叫起来，喊道："你们三个小屁孩儿，也想和我斗，想当年我……"这个时候，叶夫根尼猛地勒住他的脖子，安德烈被勒得脸部发紫，吸不上气，也呼不出来。"你，你，你……"

  过了一会儿，叶夫根尼把已经断了气的安德烈甩到地上，踢了他的脑袋一脚，说："我们代表的是更高级的智慧，就像汽车要取代马车一样，这是趋势，趋势是挡不住的，和趋势作对是徒劳的。你要是再年轻30岁，也会做出和我们同样的决定的。"

  其他两个人也过来，把安德烈架到一个椅子上，用DNA识别枪刺入安德烈的肩膀，一两分钟后，系统播报语音提示："出入口通道大门启动中，请做好应急准备。"

  最外层的大门"轰隆隆"地打开了，这是防空洞体系第一道也是最重要的防线，通道入口处，1000台ED-1已经做好随时战斗的准备，抬头盯着大门准备射击。大门被打开了，可是几分钟过去，并没有敌方的大军进入，但位置靠前的ED-1却纷纷倒下，地上无数的蟑螂、蝼蛄、隐翅虫、蜈蚣、山蛩虫等像潮水一样漫过地面，很快爬满ED-1的全身，它们的牙齿像锯子一样磨断ED-1关节的连接处，有的直接咬穿 ED-1 喷了防护材料的钢壳，很多 ED-1 对着地面射击，但是不计其数的小昆虫又从屋顶、四壁和半空中像沙尘暴一样席卷而来……

没过多久，最后几台 ED-1 启动了自毁模式，1000 台 ED-1 和数百万只小昆虫同归于尽。巨大的爆炸声震动了第二和第三道防线，但是生活区的人们都没有察觉到。

敌方机器人和动物军团从顶部大门鱼贯而入，地面已经到处坑坑洼洼，地面上的丼颗粒像蚂蚁一样流向了杀人机器人，附着在杀人机器人的外壳表面。杀人机器人都是 OAMPA 公司的新型机器人，本来有乳白色、银灰色、宝石蓝、玫瑰金等颜色，还有各种游戏、品牌定制款，而随着越来越多丼颗粒附着在钢壳外面，有的已经成了黑色。

第二层防护层的厚度不到 50 厘米，而且金属材料也比最外层的差很多，整道防线和最外层的铜墙铁壁相比起来逊色很多，已经被 ED-1 装备的穿甲云爆弹打出了一些十几厘米的坑。机器人围成一个大圈向地面疯狂射击，五六千台机器人轮番上阵，丼子弹射进地面的金属层后爆裂，无数丼子弹的射击使得圆坑越来越深，轰隆一声，整个圆坑塌陷成了空洞。

敌方机器人带领动物军团从破开的大洞跳了下去，俄罗斯第 58 集团军内卫部队第 46 旅的 6000 名士兵早已经做好准备，向这个方向疯狂地射击。很多动物应声倒下，但是机器人基本没有任何损伤，它们全身已经覆盖上丼颗粒组成的防护甲，一般的武器对它们来说根本没有破坏性，机器人带着大批的动物军团迅速散开，疯了似的向46旅的士兵们冲去。只见现场火光冲天，无数的枪声、炮声和其他各类武器的声音伴随着冲撞、搏击的声音响起，战斗异常激烈，极度混乱。由于战斗发生在一个半封闭的空间，爆炸冲击波被不断放大，冲击波、光辐射和各类横飞的爆破的弹片很快将阵地战的士兵全部杀死。进入这里的动物军团几乎全部死亡，可是动物军团是没有上限的，各类动物源源不断地在红场上会合后，又开始不断地冲进来。

第三和第四道防线也很快被攻破，俄罗斯陆军第721警备中队、通信中队和技保中队几乎没来得及反抗，就很快被全部摧毁了。三名杀死司令、攻破密码的改良仕带着浩浩荡荡的队伍沿着台阶进入了莫斯科地铁内部。

莫斯科地铁站宛如艺术殿堂，到处都是五颜六色的大理石、花岗岩、陶瓷和五彩玻璃，镶嵌着各种浮雕和壁画装饰，辅以华丽的照明灯具，好像富丽堂皇的宫殿，因此享有"地下宫殿"之美称，完美展示了苏联时代的光辉景象。敌方军团当然不懂得欣赏这些。入口处的防卫军很快就全部被击毙了，因为最后防线被攻破的速度太快，以至于防卫军还没来得及向防空洞发出沦陷警报，人们还过着像平日一样的生活。

一个身穿浅绿色连衣裙的小女孩正和母亲一起在轨道旁边站着，手里举着一个彩色小风车，抱着一个毛绒绒的玩具熊，每当有茹蒲舱飞过的时候，小风车就转得飞快，小姑娘的脸白里透红，笑起来像一朵盛开的花朵，银铃般的笑声充满了童真，她的母亲也在一旁看着她，温柔地笑着。母女两人看到大批机器人走进来，为首的是三个年轻人，后面是不计其数的各种动物，她们双双愣在了那里。

叶夫根尼向前走来，莫斯科地铁系统防空洞的大屠杀拉开了帷幕。这场大屠杀持续了三天三夜，200万人几乎全部被杀死，地铁系统内血流成河，仿佛人间地狱一般。好在年轻的改良仕并不知道"桃花庵"仿真地球生态园的存在，少数人逃到了"桃花庵"，得以幸存。

敌方机器人和动物军团集结在一起，准备向德国柏林进发。

德国柏林市广场挤满了人，轰隆隆的声音响起，像两扇滑动门打开了一样，广场正中心空旷区域的地面向左右两边收缩进来，形成了一个30米左右的入口，指挥官正在指挥老百姓快速有序地进入地下。预计100万人将会为了躲避这次灾难暂时生活在这里，所有进入地下空间的人或物资都会被装入舱罐，进入舱罐后都会接受大量的检测和多道工序的扫描，如果携带有非地球物质或者未知有机物，都会被从专门的出口抛出，以确保防空洞不会被入侵。

深海监狱内，手机另一头的哈尔斯像播报机一样把外面发生的事情告诉汉克斯和蒋吉，他们三个时常一起唉声叹气、捶胸顿足，但是也没有想出更好的办法。一方面，个人能力有限，毕竟世界上并不存在以一己之力对抗几百万、上千万敌军的超人；另一方面，汉克斯和蒋吉都被关押在牢内，哈尔斯在月球城也并不如意。

聊天的过程中，汉克斯讲到了丼物质并不是简单的物质，这是一种不断在学习、不断在进化的有智慧的综合生命体。

汉克斯说："丼颗粒被大量使用在我们的机器人身上以后，遍布全世界的 2000 万台机器人每天能接受大量的信息，全世界很多顶级的图书馆、科研机构、学校教育机构、出版社都使用我们的机器人，而且我们的用户全部都是精英阶层，我怀疑丼物质还可以从全世界的互联网上学习，并通过与人的沟通来提升自己。"

蒋吉听了这些非常惊恐，说："它们可能每时每刻都在学习、积累知识，甚至升级。所以逐渐地不再满足于做一个工具或者下等的生物。"

随后哈尔斯提出："既然丼颗粒是可以和宇宙语言翻译器交互和沟通的，那么宇宙语言翻译器是不是这个事情的关键呢？我们能不能通过研究宇宙语言翻译器得到它们的通信方式、频率等信息呢？"

汉克斯说："这个估计够呛，因为我曾经对宇宙语言翻译器做过研究，这个宇宙语言翻译器是我见过的最复杂的东西，无法分析其成分，更不用谈研究其工作原理了，这个东西是真正的无价之宝。"

哈尔斯说："对啊，当时让你花 40 亿买，你嫌贵啊。"

汉克斯说："是啊，我现在觉得 400 亿甚至 4000 亿都值得。谁研究透了这个宇宙语言翻译器，谁就能了解整个宇宙的秘密，甚至包括宇宙的起源。"

蒋吉说："哈尔斯，你能不能去把宇宙语言翻译器偷过来呢？"

哈尔斯说："别逗了，现在宇宙语言翻译器是那几个黑箱子的，黑箱子既可以有形也可以无形，任何东西都不可能比它更聪明。通过这些战争还看不出吗？它们能把美国、俄罗斯连窝端了，德国估计也快完蛋了。你们应该庆幸被关在海底。对了，我现在开始怀疑，哥，你是不是真的和詹姆斯有什么见不得人的关系？这也没什么啊，现在的年代这还算个事儿吗！我这是想保护你，不是要对你进行审判啊。"

汉克斯满脸通红地骂道："你脑子坏了吧！我跟那家伙一点儿关系都没有！"

哈尔斯突然想起了什么，又问道："对了，蒋吉，你是被谁保护起来的？"

蒋吉还没反应过来这哥俩又在吵什么，突然被问到自己被谁保护起来了，一下来了气，也拉下了脸，说："我这是被保护吗？你知道我每天想我女朋友都快想疯了，我不可能把她一个人落下不管的。我死了都没事儿，只要她活着。"

三个人不再争吵，蒋吉突然提出一个设想："是不是我们把黑箱子毁了，这场灾难就算结束了？"

汉克斯接腔："这个办法我不是没想过，黑箱子可以控制我的机器人，我当然想把它给毁了，我意识到这个问题的时候，就找了把XM11，想把它烧成灰，可是我到楼顶的时候，这个黑箱子已经消失了。哈尔斯说黑箱子已跑回月球城以后，我又琢磨过几次，但是了解得越多，越感觉这个事情没有可能啊！你们想吧，什么可以干掉并物质呢？地球人能用的办法，化学的、物理的、生物的，几乎都是不可能的。"

这时，狱警喊了一声："蒋吉，出来受审！"

汉克斯赶紧把手机扔到床底下，蒋吉被戴上了手铐和脚镣，然后被推进了一个黑乎乎的屋子里。他对面坐了两个人，都穿着警署的制服，他看其中一个人很面熟，那个人看了他一眼，然后把帽子摘掉。他大吃一惊："这不是亨特吗！你怎么这么瘦了？怎么都快秃顶了？"

这个"亨特"和蒋吉记忆里的亨特形似神不似，所以他并不完全确定这是亨特，而且看"亨特"旁边还有别人，所以并没有露出什么明显的表情。"亨特"很平静，脸色苍白，很慢、很平静地说："是我，亨特。我来救你出去。"

蒋吉喜出望外："亨特，好哥们儿，我就知道你会来的！"他看旁边的人没有任何表情，于是打开了话匣子："你们这也太不靠谱了，我什么都没干啊！我看你们署长还把全世界的兵器库都给炸了，这都什么事儿啊！对了，是谁抓的我啊？"

亨特慢条斯理地说："小声点，小声点，不说这个，不说这个了，这不都好好的吗？"

蒋吉轻声地说："对了，李瑟琳怎么样啊？"

"怎么样？倒是还没移情别恋。你这个重色轻友的家伙，肯定每天想着李瑟琳，没想过我啊。先不说这个，你往这边坐一下，对，这边，再往这边坐点儿。"亨特勾着手指挥蒋吉往自己这边挪。

亨特轻轻地打开了蒋吉的手铐和脚铐，然后拿出一个仪器扫描了他的头部和脸部，按了一个按钮，只见旁边警员的脸突然变成了蒋吉的样子。亨特还给蒋吉戴上了一个头套，头套迅速和蒋吉的脸粘在一起，自动调整，变成了警员刚才的面容。

亨特说："这'警员'是个机器人，给你的'脸'是我们警局用于侦察和卧底的易容技术，最多能维持五天。"亨特走到门口，看外面没什么动静，就抓紧机会让蒋吉和"警员"互换了衣服，又给"警员"戴上了手铐和脚镣。

蒋吉突然想起来，说："还有汉克斯呢，他也被关在这里，他是个好人，把他也带走吧。"亨特说："那只能下次再来一趟了，这次不行了。"

蒋吉看确实没办法，也就没有再多说，问亨特："你的这个机器人会说话吗？"

亨特说："会说，你可以拿这个控制它，它不吃不喝不充电，可以用一年。"说着递给蒋吉一个遥控装置。

亨特安排完这些，喊来狱警，狱警带着假蒋吉进入了牢房，亨特则带着真蒋吉迅速离开，跨上了飞行器。

对于逃出牢房的事情，蒋吉其实有点犹豫，牢里面可能比外面安全多了，但是想到李瑟琳，他想还是必须出去："李瑟琳已经把我当成她的伴侣，我不能抛开她，自己躲在这个安乐窝里面。"

蒋吉出于职业敏感度，问道："这个卧底机器人都会什么？"

亨特说："它严格遵守警察职业道德准则、职业行为规范和职业道德素养，精通格斗术、擒敌拳、散打、自由搏击、各种兵器的使用和其他各种基本的技能，剩下的就看再输入什么样的数据和知识了。"

二人又聊了一会儿，蒋吉问："这个机器人刚才为什么不说话？"

亨特说："因为没打开开关，机器人说话是单独的开关控制的，你待会儿遥控它，它就可以开始说话了。"

蒋吉说："这么深的海底，有信号吗？"

亨特说："有啊，这里铺设了我们警署的网络。遥控信号的话，应该能收到吧……其实我也不清楚。"

蒋吉急了："那到底是有信号还是没有啊？"

亨特不回答蒋吉，问道："蒋吉，你是不是把这里当成一个戒备森严的全球最高级别的监狱了？我告诉你，这儿还真不是，要不然你能这么容易出来吗？这里只是个废弃的海底军事基地，而且还被炸过好多次。"

亨特把蒋吉送到了家，蒋吉千恩万谢，因为他知道，就是亲生兄弟，可能都不会冒这么大风险把自己救出来。

亨特临走的时候看着蒋吉，面色凝重地说："我知道你和别的改良仕不一样，你一定要想办法拯救人类啊！地球不能就这么毁灭了，人类也不能毁灭了！"

蒋吉感觉自己的脸又红又烫，心想这个像是漫画里的对话啊，低了头，说："好，我会努力。"

蒋吉抬起头来看亨特的时候，亨特的脸色如此苍白，两个眼睛凹陷着,不像30岁的年轻人,倒是像80岁的老头,蒋吉忙问:"亨特,你没事儿吧?怎么感觉你生病了。"亨特咳嗽了两声说:"没事,就是发烧了。"亨特又叮嘱蒋吉,一定要想办法拯救人类。蒋吉点头,下了飞行器。

第四章 被揭示的隐秘

被揭示的隐秘

蒋吉回到了密室，发现李瑟琳并不在，然后看到摆放得很整齐但破破烂烂的健身球和家居服，还有摔坏的电子相册，不知道发生了什么，鼬鼠 YOYO 已经趴在充电桩上进入了深度休眠状态。

蒋吉看到桌上有很多李瑟琳亲手写的卡片，心想："真是我可爱的姑娘啊。"蒋吉躺在地上，想象着李瑟琳给自己写字的样子，翻来覆去地看着纸片，字迹娟秀，行云流水，在已经很少用笔的时代，李还能写得一手这么漂亮的文字，真好。蒋吉拿起笔，翻过身，趴在地上，在李瑟琳写给自己的几张卡片的背面写道：

青青子衿，悠悠我心。但为君故，沉吟至今。

蒹葭苍苍，白露为霜。所谓伊人，在水一方。
溯洄从之，道阻且长。溯游从之，宛在水中央。

我住长江头，君住长江尾。日日思君不见君，共饮长江水。
此水几时休，此恨何时已。只愿君心似我心，定不负相思意。

蒋吉很喜欢这样优美的古诗词，工作之余也喜欢看些陶冶情操的书籍。看着卡片，他恨不得马上飞到李瑟琳的身边，因为他有很多的话想对李瑟琳说。他用手环助理给李瑟琳发了信息："我回来了。"但是他突然想起自己的飞行器已经被屋顶压住，开车过去又太危险，这怎么办？如果李瑟琳过来，那肯定也很危险，想到这里，赶紧又给她发信息："我马上出去办事，后续会和你联系的，先把你现在的地址发给我。"

蒋吉看了下，自己居然还在警卫安全保护署的群组里面，最初一起开会讨论勒索病毒的人基本上都没有新上线的记录，历史信息记录太多，他看了下会议群组里一些最新的讨论和分享内容。

一则新闻报道：

联合洲政府秘书长奥尔德里奇自杀未遂，子弹射穿了脑壳但是并未伤及大脑，被及时抢救后不久就基本恢复了健康。虽然婉拒了多次，但是奥尔德里奇因为有极高的百姓支持率和同僚的拥护，目前仍然担任秘书长，同时奥尔德里奇又邀请副秘书长担任共同秘书长。

另一则新闻报道：

百姓自发组织形成的地球护卫队已经达到近百万人的规模，地球护卫队在全世界各大洲、各个国家都已经有了自己的分支机构，退役的印度海军南方司令部参谋长贾姆瓦尔被各分支机构共同推选为地球护卫队总司令。而联合洲政府对此也持支持的态度，并且委任贾姆瓦尔担任联合洲政府警卫安全保护署新任署长，毕竟面对这么大的灾难，人们需要的是一位坚决的反战派、一位悍将。贾姆瓦尔脾气虽然暴躁，但是有很强的指挥和作战才能。

还有贾姆瓦尔就职宣誓的视频，蒋吉接着往后翻，是贾姆瓦尔上任后警卫安全保护署会同各国科研机构、军事科学院、英联邦国家参谋长委员会、斯坦福大学、耶鲁大学、牛津大学等共同召开的"联合洲政府消灭外星物质紧急特别会议"，会议主要目的是找到外星物质的缺陷。

加州大学伯克利分校生物医学院的戈弗雷教授表示："我认为应该将主要精力集中在生物病毒、细菌的方向来突破，因为我们知道，不管是何种生物，都有可能存在克星。"

另外一名教授打断，说："我们知道的细菌总数超过 10 亿种，怎么才能筛选出能杀死丼物质的细菌呢？"

斯坦福大学生物医学院的勒布朗教授说："确实存在这个问题，我带领十几个学生已经试验了几千种病毒，包括天花病毒、乙肝病毒等 DNA 病毒，烟草花叶病毒、艾滋病病毒、禽流感病毒等 RNA 病毒，常见的动植物病毒都对丼物质无可奈何，确实没有任何进展。我们接下来会启动外星细菌针对丼物质的试验。"

耶鲁大学的赫伯特博士站起来发言："如何能找到丼物质的群组首领，也就是类似蚁后、蜂王的个体，这才是重中之重。"在座的很多专家都点头称是。赫伯特博士接着说："我们所有的办法和讨论，都是基于寻找敌军的指令中枢。"

"军方有几个秘密研究机构早就在研究丼物质的等级结构，但是进展并不顺利。"警署的一位官员介绍道，"杀人机器人是敌军最主要的部分。最初对 OAMPA 创始人汉克斯的审讯记录中提到，几个黑箱子一样的物体可能是丼物质的首领。随后汉克斯便失踪了，我们怀疑这可能与原署长詹姆斯和署长助理丽萨有关系。我们已经在全球范围内通缉丽萨，但是没有任何进展。"

英联邦国家参谋长委员会副主席伊凡发言："对敌方动物解剖的结果显示，其大脑有丼颗粒残留，这说明丼颗粒可以进入动物大脑并且能够完全操控动物，另一部分丼物质在其体内流向爪子和牙齿等部位，与骨骼融合成为杀人的武器和工具。但是被寄生的动物的力量并没有增强，也就是说一只狮子被感染，只会成为一只拥有利爪钢牙的狮子，而它的本质还是狮子。把一只感染了丼物质的蚂蚁放到钢罐里面，蚂蚁可以啃食钢体，但是可能要几个月才能咬穿钢罐，在这之前它会先饿死。另外，我们认为改良仕大脑中的丼物质的等级是仅次于黑箱子的。"

耶鲁大学化学与新型材料领域的莫里斯说："我们已经对丼物质做了大量的实验，使用硝基盐酸、甲硫膦酸丙胺乙酯、二甲氨基氰膦酸乙酯、马钱子碱、氰化钠、过氧化氢等物质是杀不死丼物质的；α 和 β 两种射线、射频辐射、微波、太赫兹波辐射、红外辐射等也无法杀死，有的反而会加强其能量或者活跃度。我们目前还没有更好的解决办法。"

军事科学院的代表表示："我们与 EAST 物理实验确认了由全超导托卡马克核聚变完成的高约束等离子体放电可以击穿并且烧毁井物质，使用这样的方法是可以的。但将其做成武器难度非常大，需要大量试验和改进，投入到复杂的作战环境中需要解决的问题太多了。"

还有一些专家陆陆续续发言，蒋吉拖动进度条，会议视频到最后，贾姆瓦尔对于这种没有"实质性结果"的会议很难忍受，转身离开了，警署其他领导赶快说道："咱们稍微休息一下，大家可以随时发言，新上线的都可以看到。"

看完视频，蒋吉心里想，汉克斯不是被关在海底监狱吗？奇怪！难道是因为警署混乱，新任长官还没有收到交接的资料吗？

会议群组还有一条最新的通报："新上任的共同秘书长宣布，由于联合洲政府总部及分支机构接连受到攻击，将不再进行线下集中办公，同时取消常规会议及通报，各部门及分支机构自行安排工作内容及开展方式。"

正在这个时候，蒋吉看到警报闪烁，起来看外面的监控，是李泰勒过来了。蒋吉和李泰勒见过几次，他把李泰勒当成自己的父亲，既尊敬，又感激。蒋吉连忙起来，把门打开，出来迎接他。

李泰勒见到蒋吉，先是一愣，然后推了推眼镜，说："过来看看你。"

蒋吉说:"我在屋里监控看到您了,所以出来接一下,快请进来吧。"

李泰勒犹豫了下,跟着蒋吉进了密室。

蒋吉见李泰勒手里提了包,进来后沿着密室转了一圈,便说:"叔叔,您请坐。"

李泰勒说:"不了。"

蒋吉感觉有点尴尬,两个人都站着。

李泰勒说:"听李瑟琳说,她玩游戏出不来了,是你把她救了,而且还一直保护她。"

蒋吉说:"应该的,如果当年不是您救了我,可能我早就死了。"

李泰勒点点头,说:"李瑟琳说,你还出主意救了几千万的游戏用户。"

蒋吉说:"不能说是我救的,我只是提了个想法,落实的是别人。"

蒋吉把当时自己的发现和推断、总署会议的内容和在总署的推动下展开的全球救援行动讲了一遍。

李泰勒问:"那你怎么被警署抓了,还关到了监狱?"

蒋吉突然不知道该怎么解释。

"没关系,不用解释了。"李泰勒推了推眼镜,盯着蒋吉,问,"你知道现在杀人的除了机器人和动物还有什么吗?"

蒋吉说:"改良仕。我虽然没经历战场,但是我看了很多视频和网上的信息。"

李泰勒问:"你怎么看?"

蒋吉说:"我觉得改良仕肯定是被人操控的,可能他们被改造成改良仕的时候就已经被植入了丼颗粒,也就是说,他们可能刚出生就被植入了丼颗粒。我曾经回我的出生地拍摄了一个视频,后来我和李瑟琳,还有警署的亨特探长一起看过,几乎所有的婴儿都被做成改良仕了,我后来一直怀疑,是有人利用了沃森生物的网络。"

李泰勒问蒋吉:"'他们'?你也是改良仕吧。"

蒋吉突然意识到了什么,便把从小随父母在垃圾场苟活、被李泰勒救下后来到新大洲的经历告诉了他,又说起了自己很聪明,学东西也很快,有的时候做梦被召唤,最后总结了汉克斯和自己沟通的一些内容。

李泰勒听了好长时间,也站得累了,就坐在了蒋吉对面,把手里的包放在了旁边。

李泰勒捂着脑袋又想了想,突然问道:"蒋吉,你杀过人吗?"

蒋吉愣了下说:"当然没杀过!不过,机器人算吗?"然后蒋吉讲述了曾经打死自己的 OAMPA 机器人的经历。

李泰勒让蒋吉收拾东西过去一起住。蒋吉收拾了些东西,同时把自己给李瑟琳写的几张卡片也一起带上了,搭乘李泰勒的飞行器,回到了大学的消防基地。

李瑟琳见到蒋吉,两个人紧紧地拥抱在一起,蒋吉有点不好意思,但是看到李泰勒自己回屋了,也就不再忌惮。他轻抚着李瑟琳的脸庞，亲了下她的额头说："宝贝，你瘦了。"

李瑟琳说："亲爱的，你也瘦了。"

两个人抱了会儿，李瑟琳能感受到蒋吉呼出的气拂过自己的额头，暖暖的，像春天的微风。

蒋吉低着头，看见李瑟琳的眼神温柔异常，带着关怀和思念。

李瑟琳轻捶了他一下，把他推开，问："我真的瘦了吗？"边问边捏了捏自己的小腹，照了照镜子。

蒋吉说："我觉得你瘦了挺多的。"

李瑟琳说："还不是因为你，我最近都没怎么吃饭，每天茶不思饭不想。"

李泰勒回到屋里，把门插上，打了一个电话，说："没事儿，我回来了。我其实很早就知道他是个改良仕，但是我后来就给忘了。我觉得是这样的，因为这个孩子是第一批——不是第一批也是早期的改良仕，那个时候的改良仕可能并不会被控制。所以说这个孩子不是外面那种，这个孩子挺好的。但是他提到了一点，他也会被联网，有'人'会召唤他。好，我再想想。"

李泰勒从屋里出来，叫了蒋吉和李瑟琳一起商讨消灭丼物质的方法，蒋吉把自己了解到的最新的情况，包括汉克斯讲的黑箱子与汉克斯、哈尔斯的故事，黑箱子学习了很多人类的知识并且通过 OAMPA 机器人在全世界学习和进化，丼物质与改良仕存在关系，以及他在警察总署会议群里刚刚看到的一些信息和大家进行了分享。

线索有一些，但是错综复杂，什么才是问题的关键所在呢？蒋吉提出把这些线索以树状图或者组合图的形式列出来，于是他和李瑟琳画了满满几张纸，画的信息被同步记录并且呈现在一个大屏幕上。

李泰勒说："对了，蒋吉，能不能把你最近梦中看到的情景画出来呢？"

蒋吉向手环助理描述场景，手环助理也会提供一些选项或者提出询问。在蒋吉和它的不断沟通中，一张包含广场、机器人、成人、婴儿、黑箱子、灰色天空、金字塔的图像生成了。蒋吉记得当时有些人在交换场地，他的印象已经很模糊了，不知道如何向手环助理描述。

李泰勒和李瑟琳都看着生成的这张图像，蒋吉也做了讲解，比如汉克斯说这些箱子可能就是机器人的首领，但是自己确实记不得有几个箱子了；右边的是个三角形，类似金字塔，外形确实是这样，而且金光闪闪的。

李泰勒打断了蒋吉，说："我突然想起来，我在太空科技城的时候好像看到过类似的建筑，一座正方形底座的金光闪闪的金字塔矗立在正中央，是沃森的指挥中心。"

李泰勒思索回忆道："当时我听到了很多传闻，比如有人说，沃森的吃喝拉撒、睡觉、工作等所有活动都在金字塔里面的一个帐篷里进行，他已经几年没有走出过这个帐篷了；他走路的时候会有'哗啦哗啦'的金属声音，像是戴着镣铐，也有传言说这是因为他戴了很多昂贵的宇宙金属饰品，就和古代人穿金戴银是一样的道理。沃森忠实的仆人特里沃是唯一可以进入幔帐的人，如果有客人或者业务需要当面沟通，特里沃则会去请示沃森，或者全权负责、自行决定。特里沃从来不苟言笑，不多说任何一句话，如果有人敢开玩笑或者拿他寻开心，他会报以无比的愤怒，而在太空城里面，让特里沃愤怒或者不悦的人一般也没什么好下场。"李泰勒喝了口水，继续说道，"关于沃森有各种传言，有的说沃森的前身是一条蛇，有的说沃森成了'神'，但是从来没有人见过他，因为没人敢跨进帐篷半步。"

李瑟琳说："那这个金字塔，或者沃森，可能会和这个事情有关系吗？"

蒋吉说："很可能有关系，所有的改良仕都是沃森生物造出来的，我以前想的是沃森生物的婴儿工厂可能被黑客攻击或者被利用了，现在回想起我去我出生地的时候看到的情景，我基本可以断定这个事情是沃森生物主动实施的。婴儿工厂的所有流水线都被合并进了改良仕的处理流程里。而且我记得亨特和我说过，全世界所有沃森婴儿工厂都被政府查封，因为沃森婴儿工厂正在把全世界所有婴儿制造成改良仕。这一度造成大量婴儿、儿童、青少年被父母抛弃，政府做了很多救助工作。"

李泰勒说："是吗？这我倒是没听过，我只知道有段时间沃森被政府打击得非常严重。"

李瑟琳接腔："是的，当时这个事件几乎成为社会热点新闻，整个沃森集团差点因此倒闭。沃森那时已经常驻太空城,没做出任何表态,如果这是被黑客攻击或者栽赃加害,他肯定会出面澄清的。当时蒋吉给我和亨特看过视频,亨特把片段发给媒体朋友,全世界媒体卧底调查取证了大量婴儿工厂。"

蒋吉接着说:"改良仕都变成了杀人武器,肯定和沃森集团有关系,虽然不敢说一定是沃森主使,至少沃森公司高层有人参与了。"

李泰勒做事说话一向非常严谨,没有百分之百的把握绝对不会妄论,这次却很大胆地说出自己的看法:"如果蒋吉画的确实是太空城的那个金字塔,那这些推论就非常合理了。沃森创造了改良仕,并且控制着改良仕,改良仕的生物芯片方案都是他设计和提出的,所以说所有的改良仕都将他视为领袖是合理的。但是话说回来,汉克斯的机器人就不受汉克斯的控制,这说明沃森与丼物质的关系比汉克斯与丼物质的关系更亲密,甚至我们可以推断,是沃森控制着丼物质要毁灭地球。"

蒋吉说道:"对,沃森可以说是主宰着地球上数十亿生命的生老病死,而且沃森的财富几乎可以买下一个大洲,在他的眼里,人类已经和蚂蚁没什么区别。而且据说沃森这个人有极强的探索精神和挑战欲望,他搞科技城就是要发现更高智慧的物质和生物,研究整个宇宙的秘密。"

李泰勒推了推眼镜,说:"这个我倒是并不认同,所有人类都有探索欲,各个国家都在研究外太空领域的未知秘密。不过你前面说的我很认同,一个人如果和'神'一样,那他做这种事可能就像人用铲子掘蚂蚁的窝一样，只是因为好玩；人做什么动作，蚂蚁是理解不了的。如果有人要毁灭地球，那么他一定要站在比常人高无数倍的高度才能做出这样的事情。特里沃也是可以进入金字塔的人，除了沃森，也有可能是特里沃自己搞的事情。"

李瑟琳说："特里沃只是沃森的奴仆，单独完成这个事情的可能性不大。"

蒋吉说："有两种可能，一种是丼物质是被沃森控制的，沃森是最终的敌人；另一种可能是，沃森是被丼物质控制的。"

李瑟琳说："有没有可能丼物质和沃森是合作关系，是利益交换呢？"

蒋吉想了想说："这是第三种可能，但是如果是合作关系，随着事情的动态变化和推进，两方有可能会产生分歧，就像黑箱子和汉克斯不再合作一样。"

李瑟琳问："我一直有一个疑问，为什么丼颗粒可以侵入动物体内并控制动物大脑，但是至今没有控制人脑呢？当然改良仕是被控制的，我的意思是除了改良仕以外的普通人的大脑还没有被控制。"

蒋吉说："我来回答这个问题，我早期参与总署会议的时候了解到，人的大脑很神奇。举例子来说，在距离地球 100 亿光年之外的波江星座里，科学家们发现了一堵足足横跨 35 亿光年的宇宙墙，这都是人脑的功劳。人脑看起来很小，却足以研究宇宙的奥秘，人脑本身就像是浩瀚的宇宙，复杂程度无法想象。人脑进化得过于完美，人一旦拥有自我意识，那么大脑除了被物理损坏，很难被侵入或者攻破,即便是现在的脑意识芯片也无法欺骗,或者植入数据和信息到大脑。改良仕的大脑中有丼颗粒,那是一出生就被植入进去的,在人成长的过程中,丼颗粒已经和大脑融为一体了。"

李泰勒说:"想搞清楚这个事情背后最终的真相,也并没有那么容易。如果没有军方或者联合洲政府的支持,从现在的情况看,能飞上太空城几乎都不可能,更不要说到太空城进行调查了。"

李瑟琳说:"可是根据生物学的基本原理,如果是存在等级和分工的社会性生物,一个群体只能有一个首领,因为这样保证了最健壮的动物获得更多交配机会,群族延续了最优质的基因,也保证了群体的秩序和稳定。如果两个或多个首领同时存在,则无法完成分工和任务分配。"

李泰勒说:"我做过一些外星生物的研究,外星生物族群如果存在首领,和李瑟琳说的一致,也都是只存在一个。"

蒋吉说:"那有没有可能是一公一母?"

李瑟琳说:"一个族群中,一公一母是平等首领的情况几乎没有。最重要的是,我们目前还不知道丼颗粒的食物是什么,如何繁殖和繁衍,数量是多少,它们的生活习性、天敌是什么,存在及生长的核心原理是什么。"

李泰勒也是一脸茫然。蒋吉说:"先从我们知道的线索开始,向未知的部分迈进。比如说我们知道了它们的首领住在金字塔里,或者跟金字塔有关,我们能不能把金字塔毁灭掉?同样的道理,我们把黑箱子也毁灭了,是不是就算把外星人消灭了?"

李泰勒想了一下,推了推眼镜说:"没那么简单。这些丼颗粒已经弥漫在地球上,如果这些本身都是智慧生物或者生物病毒,就算你把它们的首领消灭了,这些丼颗粒也很有可能会推选或者变异出新的首领。我们都知道,蚁后如果暴毙了,族群中很快就会有蚂蚁变异成蚁后。即便是不再有新的首领出现,那这几百、几千亿的丼颗粒也是分等级、有组织的,可能会继续危害地球和人类。更何况,杀死首领哪有那么简单,你不是说汉克斯都说很难吗?丼颗粒千变万化,可以有形也可以无形,而且丼颗粒的智慧可能比几千个你我这样的地球人加起来还要高……"

讨论陷入了僵局,大家暂时也想不出更好的办法。

蒋吉给亨特发过两次信息,亨特都没有回复。蒋吉想起亨特去救自己的时候,身体状态好像非常差,他想自己应该去看望一下老友啊,毕竟在如今这个混乱的世界,冒着极大的危险去救自己出来,这是多么大的恩德!他想去和李瑟琳商量,但是担心她不放心,转而又想很多事情还是要两个人一起面对的,便去找她商量。李瑟琳支持蒋吉的决定,但是提出必须和他一起去,蒋吉死活不同意,两个人闹起了矛盾,李瑟琳也不理蒋吉了。

后来,李泰勒过来找蒋吉,说道:"虽然李瑟琳是我的女儿,而且出门肯定有危险,但这都没关系,遇到这样的事情,两个人在一起肯定要风雨同舟,我同意你带她去,我会等你们一起回来。"

蒋吉还是一直坚持说不用，李泰勒继续说："另外一个办法，我和你去。我已经为飞行器喷绘了隐形材料，我上次去密室找你之前也喷了，但是当时效果不好，还没到你家就失效了，这次我改进了配方。"

蒋吉拿过钥匙，说了声"谢谢"，然后去屋里换了身衣服，穿上高帮的防护靴，拿了 XM-8 手枪，还把一柄 MAD DOG PANTHER 军用匕首塞进了靴子里。他设定了目的地坐标，启用"半自动驾驶模式"，驾驶着飞行器出发了。

李泰勒以为蒋吉的意思是让他陪着去，也回去收拾了东西，可是出来的时候看飞行器已经飞走了，叹了口气。

地面上到处是被炸、被毁的、裸露着钢结构和新型建筑材料的倒下的楼体残骸，横七竖八的，像是被飓风吹过的森林。两边都是断壁残垣，数百米的高楼有的被拦腰斩断，大部分楼体已经支离破碎，几乎没有完整的大楼和建筑。很多楼燃烧着、冒着滚滚浓烟，楼宇之间耷拉的、连接的线像是密密麻麻的蜘蛛网，有的空中花园和建筑的绿化森林倒挂着或者倾斜着，悬挂的电梯像一条绸缎，在风中摇摆，发出"咯吱咯吱"的声音。

蒋吉驾驶着飞行器，想起以前曾经想买一套仿绒的碳纤维防弹衣，重量只有钢的十分之一，但强度却是钢的五倍，并且具有耐腐蚀、高模量的特性，虽然这样的防弹衣也不一定能抵挡丼物质的攻击，但是至少可以防止一般武器的伤害，现在想想就后悔万分啊！

飞行器穿过新大洲市区来到另一端的生活区，联合洲政府新大洲事务部居民楼也都在这里。蒋吉找到了警卫安全保护署的居住区，把飞行器停在 E35-7-118 一栋 20 层居民楼正面的空地上。他看周围没动静，从飞行器上下来。

这一带都是矮层建筑，但是很多楼也都被炸倒了，到处都是战争过后的景象，亨特所在的这栋楼保存得相对完好。蒋吉很佩服亨特，能一直坚持住在这样危险的地方，周围估计早就没什么人了，果然是警校的优秀标杆。

从楼梯走到地下一层左拐，蒋吉看地下一层也有战斗的痕迹，其他的住户已经都搬走了。亨特住在最里面，他家的门是一个普通的密码锁滑动门。他正要给亨特打电话，看门开着个缝隙，于是一用力，门就滑开了。他喊了两声走进了屋子，四周的墙都在发光，这是嵌入发光颗粒的建筑设计，非常明亮，就和在户外的感觉一样。

装修非常简单，外屋是接待客人的，有书柜、简易厨房、陈列柜，正中间有一张大方桌，四个条凳，旁边是一个老式沙发，墙上张贴着亨特在警校和警署的照片、荣誉证书、奖章等。

陈列柜里面则是三十多把老式的枪，包括不同国家、各个制式的非自动步枪、自动步枪、冲锋枪、狙击枪、手枪、机枪、火箭筒、霰弹枪等，甚至还有古代的弓弩、头盔、军刀等。书柜上整整齐齐地折叠着警服，帽子放在警服的正中央，旁边是腰带和手套，都摆放得极其整齐有序。

蒋吉曾经和亨特开玩笑说，如果请个不太熟的客人到家里来做客，估计客人刚进屋就被吓跑了，整个屋子跟几个世纪前的一样，客人肯定以为时光穿越了。

蒋吉又喊了几声，还是没有人响应，就走进了内屋。内屋的光线很暗，四周都被贴上了墙纸，各式的花草生长在地上的花盆中，站在这间屋子里就像是阴雨天站在草丛中间。

蒋吉的眼睛很快调整适应了这里的亮度，内屋里面有卫生间、床、写字台、衣柜等，地上有很多纸，一个清理垃圾的机器人在角落卧着，看来已经好久没使用过了。蒋吉看到一个光着膀子、消瘦的男人斜靠在床上，脸面向着自己，旁边一台家用医护健康仪与他的身体间连接着数根管子。他差点没认出这个人就是亨特。

亨特脸色发黄，像风干的黄土，眉毛已经全部脱落，眼睛稍微转动了一下，看着蒋吉。亨特已经奄奄一息了。蒋吉快走两步，蹲在床边，握住亨特的手。亨特的手很凉，几乎没什么温度，嘴想动，但是很难发出声音来。

蒋吉非常着急，又很伤心，一直不停地问："亨特，你怎么了？亨特，你说话啊！哥们儿，我还要和你喝酒呢……"

亨特没有任何反应，过了几秒钟，他用一根指头指了指写字台的方向。

蒋吉起身走到写字台前，看写字台上有一个日记本、一支笔，他把笔记本卷起来握在手里，抬起胳膊命令手环助理联系李泰勒想办法，可是这里居然没有信号。

他跟亨特说："哥们儿，我出去叫人，顺便看看有没有急救舱，你等我。"他走出地下室,刚走到一层,一阵热浪伴着巨大的爆炸声把他推了出来,他重重地摔在了地上。

亨特用尽最后的力气按下了引爆炸药的按钮。

蒋吉刚刚站稳,就看到前面有三条大狗在靠近自己,他把日记塞进了衣服内侧,想跑上飞行器,可是发现三条狗已经拦在了自己和飞行器之间,蒋吉并不确定狗是不是冲自己来的。三条大狗眼睛一眨不眨地盯着蒋吉,步步逼近,只剩下两米的距离。

蒋吉往腰间摸枪,却发现枪套不知为何扣死了,试了几次都没有翻开。这时三条大狗突然同时冲了过来,蒋吉赶紧蹲下去抽出靴子里的匕首。蒋吉右手握住匕首,刀刃朝外。这时,他都已经能看到三条狗的牙齿了,它们牙齿上长着黑色的尖刺,每根尖刺都能看得清清楚楚。

蒋吉飞快地向左翻身,右手带着匕首在空中画了一个半圆。他转身后正好趴在地上,感觉背部好像被抓破了,但是顾不上这个,他赶快站起来,面对着狗,最靠近自己的一条已经倒下不动,脖子几乎被削断了。还有两条狗凶光凛凛地瞪着自己,其中一条还没等他站稳就又冲了过来。狗的体形很大,动作又快又狠,他被狗按倒在地上,刀子飞了出去,他一只胳膊紧紧地顶住狗的脖子,另一只胳膊被自己压在了身下。

狗的一只前腿踩在蒋吉的肩膀上面,另一只前腿向他举起的胳膊用力挥下。蒋吉感到一阵剧痛,血喷了出来,他感觉那狗血盆的大口已经要压下来了。他向旁边瞟了一眼,另外一条狗朝他的脑袋狂奔而来。在这千钧一发之际,他压在身下的那只手终于翻开了被卡住的枪套,他抓住枪,猛地把手从身下抽出来,"砰"的一声,他上方的大狗斜着倒在了他身上,锋利的牙齿顺势插到了他的脸上。蒋吉顾不得疼,集中全部心思去对付另外一条正在冲过来的狗。在最后一条狗仅差半步之遥就要咬到他的时候,他抬起胳膊射击,这条狗也应声而倒。

蒋吉的背、肩膀、胳膊、脸上都流血不止,尤其是胳膊,不知道有没有把筋和大动脉咬断。他使出全身力气,把身上的狗推开,一只手捂着另外一边的胳膊,赶快跑到飞行器前,爬上了飞行器,还没有关好门和设定好返程,他就已经把飞行器升空了。透过前挡风玻璃,可以看到地下室还在向外喷着火苗和浓烟。他设定了"原路线返回——记忆驾驶——自动模式"。

回到消防基地的时候,蒋吉的视线已经模糊不清,意识几乎丧失。李瑟琳和李泰勒把他放到一个急救台上,蒋吉手臂的肱骨靠近肩胛骨的地方被削出一条沟,已经露出了骨头;桡侧返动脉、肱二头肌已经完全被削断,甚至被爪子切成了几段,血汩汩地蹿出来;脸部有三处很深的伤口;背部只是轻伤。多亏有非常先进的仪器,而且李泰勒和李瑟琳都是很懂生物学、医学护理的专家,救护得也很及时,他才不会有生命危险,伤势最严重的手臂快的话一个星期后就能做简单的运动了。

蒋吉被抬到救护舱里面后，忽然想起亨特的日记，在上衣内兜掏了半天，还好没弄丢。

日记本里面，夹着一张照片，亨特和一个女人很幸福甜蜜地笑着。蒋吉仔细看了下这个女人，这不就是那个短发丽萨吗！奇怪，难道……他打开日记，想找出其中的秘密。日记是几个月前开始写的，第一篇很长，没有日期，是从亨特小时候的经历开始讲起的。

亨特是一个改良仕，被父母抛弃，成为试验品，他降临在这个世界上，注定就要开启悲惨的人生。他在婴儿工厂被制造成最初一批改良仕中的一个，在观察室饲养到4岁后，被送到了佛蒙特州圣戈尔天主教孤儿院。按照规定，他的改良仕身份应该被保密，结果修女嬷嬷贝尔塔很快就让这个秘密公之于众，还当众用棍子敲打亨特的脑袋，边打边喊："让我们看看这个脑袋有什么与众不同。"亨特也很快成了大家欺凌的对象，尝遍了这里大小孩子的侮辱和拳打脚踢。

整个孤儿院就像一座人间地狱，女孩儿经常遭到修女的虐待和毒打，大点儿的女孩儿又被神父性侵，而稍不听话的小男孩儿就会被修女关在黑暗的柜子里，还要被逼着吃腐烂的剩饭。这里几乎每一个儿童都生活在死亡的边缘！近百名生活在这里的儿童，全部都骨瘦如柴，营养不良。

6岁的时候，亨特在庭院附近突然听到玻璃碎裂的声音，见到有个男孩儿和四散的碎玻璃一起从窗口飞出，重重摔在地上，修女就站在窗后。后来修女找到亨特，差点把他的耳朵拧下来，还警告他说:"你见到的不过是你的想象。"

还有一次,他看到修女将同船的男孩儿扔入湖水中,声称"这样做是为了教他游泳",不久,男孩儿在水中动也不动了。他问修女男孩儿是不是死了,修女竟说:"不用担心,他已经安详地回家了。"

因为亨特智商很高,成绩出奇地优异,而且逐渐摸索透了这里每个人的性情、优点及缺点,他凭借改良仕独特的智慧不再受欺凌,而且赢得了几个大人的信任。

丽萨出现在亨特14岁的时候,那个时候丽萨7岁。丽萨也是名改良仕,被送到孤儿院后的情景与亨特当年如出一辙。修女用棒子打完丽萨的头后便走了,其他的小孩蜂拥而上,丽萨被推倒在地上,发出一声声惨叫。亨特冲上前去,揍了两个人,人群散开了一些,但"混世小霸王"三胞胎中的老二拽着丽萨的头发不放,说必须把这撮头发揪下来。

丽萨疼得尖叫,亨特犹豫了一下,突然冲上去狠狠地掐住老二的脖子,老二无法呼吸,脸红肿,流泪不止并且发出"咯咯"的喘气声。其他两个兄弟围了上来,不管怎么打亨特,还是用刀扎亨特的胳膊,亨特都不肯放手,直到老二奄奄一息。这个时候,孤儿院负责安保的人来了,大家就都赶紧散了。

亨特一直保护着丽萨,直到他因为成绩优异被新大洲政府警校特招。亨特离开孤儿院的时候,坐在一个警用飞行器的上面,木木地看着这个既熟悉又恨之入骨的地方。他并不知道此时该有什么样的情感,也并不清楚当时是什么感觉。

在飞行器飞往新大洲的路上，亨特想："人为什么要欺负人呢？宇宙为什么要创造这样十恶不赦的人呢？孤儿院的最大管理者戈尔议员，为什么宁可把几十个小孩饿死、折磨死，也要把政府的福利金和拨款占为己有呢？书上说现在是一个高度文明的社会，难道这里是被人类遗忘的角落吗？为什么有人的地方就有好人、有坏人，有富人、有穷人呢？"

亨特来到新大洲政府警察学院后，学习非常刻苦，拿到了几乎所有的学校荣誉、奖学金、资格证书，获得了很多宝贵的培训机会和被领导人接见的机会。他把奖学金中的大部分汇给了修女嬷嬷，作为修女嬷嬷保证丽萨不被人欺负、吃饱穿暖、有更多学习机会的交换条件，直到在警署工作了三四年，他还坚持这样做。他不知道，丽萨因为暗恋他，后来想尽一切办法考入了同一所警校，并且也同样进入警署成了一名普通的警员。两个人再次见面的时候，丽萨已经成了一个能独当一面的女警，而亨特也早已长成了一个阳刚帅气的男子汉。

重逢后，亨特发现丽萨是个敢爱敢恨、率性简单的女孩儿，有的时候反而是自己犹豫不决、唯唯诺诺。但是他从来不向朋友和同事提起丽萨，包括最好的朋友蒋吉。

亨特和蒋吉是非常要好的朋友，蒋吉曾经向他说起自己的身世，因为有着类似的苦难经历，所以他把蒋吉当成亲兄弟。因为亨特比蒋吉大一个多月，他便以大哥自居，也很喜欢照顾蒋吉，但是他从来没有向蒋吉说过自己也是改良仕的事情。后来亨特和丽萨在一起后，本来计划婚后就介绍蒋吉和丽萨认识。

直到勒索病毒爆发的两周前，亨特和丽萨过了半年如胶似漆的甜蜜生活，他们在一起像是一对恩爱的夫妻，所有的时间都愿意陪伴在彼此身边，两个人心里都有着对未来爱情和婚姻的美好憧憬和斑斓的幻想。两个人一起发誓，不管是苦难还是快乐，无论贫穷或者富有，无论发生什么事情，都要付出自己的情感，兑现现在的诺言，一直相守到老。两个人一起吃饭，一起逛街，一起打游戏，一起商量休息日去哪里玩。即便是无事可干，两个人在一起静静待着也充满了幸福。两个人已经在商量结婚的时间、地点，也在讨论请哪些朋友和同事，辩论要不要在教堂举办婚礼的仪式。亨特和丽萨想尽快要个小孩，无数次地商讨是男孩好还是女孩好，都已经开始计划如何教育自己的孩子……

一切来得太突然，自从亨特和丽萨被召唤，并颗粒在大脑中释放大量的思想和信息，迅速把大脑占满，各类星球、黑洞、星团、星云、植物、动物、火、水、光……两个人虽然无法识别如此多的景象，但是也已经被深深折服，他们逐渐看到了人类的渺小和脆弱。已经尘封多年的回忆，地狱般的孤儿院、贪婪的议员、心狠手辣的嬷嬷，还有众多殴打、唾弃他们的人，对于这些人的仇恨被唤醒。他们逐渐地接受，当然他们也不得不接受，因为他们的大脑已经被控制，很多神秘黑色物质的指令、动作、语言已经合并成为他们的潜意识、常识和本能。

丽萨所在的小组会集了全世界数百名IT及网络工程师，他们编写了地球上第一个粒子级的病毒程序。而亨特所在的小组利用亨特的职务之便，拿到了地球上顶尖科技公司的核心人物、诺贝尔奖得主、重大科研发明者的名单和地址，全球数万人才被秘密暗杀。丽萨观察到蒋吉作为一个改良仕，多次联网都不归队，而且还充当人类的走狗与丼物质作对，但又无奈于始终无法对蒋吉进行定位，遂想邀请蒋吉到酒店实施暗杀。

亨特发现后，主动请缨说他亲自过去解决。他带了足够的武器就出发了，路上他回想起了他与蒋吉多年的情谊，清醒了一些，转而去买了一袋韩国风味酱料的超人气猪蹄。说来也巧，蒋吉刚好邀请他过去喝酒。

亨特是最早的一批改良仕，不知道什么原因，丼物质对亨特的控制经常断线或者失效，他知道蒋吉有生命危险的时候主动断开了网络。他与蒋吉喝酒的时候，蒋吉给他看丽萨发的信息，他突然又想起了自己的任务，暂时脱离控制的他内心冷笑着对丼颗粒说："让我杀我的好兄弟，见鬼去吧你！"

可能是因为丼物质并没有完全取得大脑的支配权，亨特并不像丽萨那样成为忠实的反人类斗士，也不如丽萨那样积极、果断、追求上进。丽萨有很强的表现欲和成功欲，这些欲望彻底地控制了她，她已经成了完全的"改良弑"。

而亨特徘徊于人类和"改良弑"之间，大脑被控制的情况下，他是杀人狂魔；大脑清醒的情况下，他为拯救人类而奔走；在大脑被影响但没完全被控制的情况下，他也迷迷糊糊地杀过人，那时他满脑子只想让丽萨高兴。他曾经一度迷茫，既然丽萨是自己最爱的人，是自己的一切，哪儿管它什么对的错的，丽萨让我干什么我就干什么吧。

两个人的关系这样维持了一段时间，又发生了些变化。丽萨回家次数越来越少，并不是她有了别的男人，而是她主动加班加点地反人类，她已经很少到警署报到，亨特托了好多关系，暂时没让她被开除。丽萨和亨特联系得越来越少，信息回复得越来越少、越来越慢，她每天都忙得团团转，完全沉浸在伟大的事业里面，没有笑容，更不用谈温柔体贴。

亨特对此犹如百爪挠心，捶胸顿足，他无数次想和丽萨好好地沟通，可是两个人往往一见面就迅速进入失控状态，互相指责、互相攻击，很快就不欢而散。亨特看了《演讲与口才》《把话说到点子上》《高难度谈话》等书，试图用上沟通技巧和丽萨谈谈，但是每次见面维持不了10分钟，两人就又中了大吵一架的魔咒。

丽萨知道亨特经常主动掉线退出"改良弑"网络，对他越发失望，脾气也越来越坏，经常对他大吼大叫。亨特已经努力一点点放下自尊，处处小心谨慎，可是面对很多无端的指责，他仍然控制不住自己，于是又有了一次又一次的吵架。

亨特讲自己对丽萨这么多年的关心照顾，自己舍不得花钱却寄钱给修女嬷嬷，就是为了让丽萨不被人欺负，刚开始丽萨还有所感激，后来每次亨特重提旧事，丽萨就开始冷嘲热讽，指责亨特施舍她一点恩情还要翻来覆去地说，指责他这里做得不够好，那里不够用心。亨特经常感觉委屈，不断地解释，而这时丽萨则会说："你看你，现在像个老头，絮絮叨叨，事儿越来越多了，我越来越受不了你了。"

丽萨开始有意无意地嫌弃亨特，嫌他没有战斗力、胆小无能，说亨特你看你生活得跟古代人一样，没有任何的追求。丽萨觉得自己的能耐和地位越来越高，而亨特成了改良仕队伍里的落后分子，便更加趾高气扬。

令亨特无法忍受的是，丽萨居然对署长詹姆斯用上了"美人计"，差点气得吐血。丽萨凌晨回来，满嘴酒气，居然说："这是工作需要，我们应该有更大的使命，如果你嫌弃我，那你可以去找别的女人。"

看到越来越多的人类同胞被杀害，亨特不断拒绝联网和执行丼物质的指令，脑袋经常像被数万条虫子撕咬，那种极度的疼痛让亨特满地打滚，几次用力地撞到墙上，满头是血，可是丽萨根本不关心他。亨特对丽萨说，你应该学会平静下来，寻求内心的安宁，而丽萨则继续嫌弃亨特没有高度、没有视野。

后来，两个人经常吵到面露凶光，亨特恨不得开枪打死丽萨，而丽萨估计也已经无数次有类似的想法了。有一次丽萨给了亨特一条项链，说你可以选择，要么跟我在一起从事伟大的事业，要么戴上这个，就不会那么痛苦了。亨特戴上了那个造型很夸张的骷髅头项链，头疼逐渐减轻，但是健康状况越来越差。

丽萨当上了署长詹姆斯的特别助理，更不回家了，每天和詹姆厮混在一起。亨特每天想到自己心爱的女人跟一个糟老头使她的"美人计",都能气得喘不上气。他多次在房顶上用 AMB-2 狙击步枪瞄准詹姆斯和丽萨,可是他又不想永远地失去爱人。在这样的挣扎中,亨特逐渐变得虚弱不堪。

詹姆斯迫使军方停止了根据 GPS 信息对杀人机器人的精准打击,后来又发生了全世界武器库都被炸毁的事情。詹姆斯自杀后,丽萨估计已经跑到金仕盾俱乐部躲起来了。

亨特知道好朋友蒋吉是站在人类阵营的,他不断提醒自己,不能死,不能死,人类不能灭亡,一定要抗争到最后。他费了好大的周折才把蒋吉救了回来,希望他能创造出奇迹。

蒋吉用了两天多的时间,断断续续看完了这本日记,仿佛是老友抽着雪茄讲述了自己一生的故事,他也明白了很多事情背后的真相。他闭上眼睛,日记中的一幕幕又像重播一样展现开来。一方面,他非常痛心失去了这样一位好朋友;另一方面,他也感慨人生的变幻莫测,短短几个月,发生了这么多的事情。他感觉责任重大,哪怕只有一丁点希望也要去争取!可是这么多的信息,仍然是千头万绪,该怎么办啊……

自从联合洲政府上次宣布停止集中办公以来,政府官方频道没有任何更新,包括其数百个下属分支机构都没有了消息。地球护卫队有几条最新动态:地球护卫队欧洲总队全面溃败,曾经一度发展壮大到 6 万人的老牌英国 G3 纵队全军覆灭,南北美洲联合总队已经从高峰时期的 18 万人降到了不到 4 万人，非洲总队已经失去联系，无法提供准确的数据，贾姆瓦尔领导的亚洲总队虽还在负隅顽抗，但是也已经损失了一半的战士。

贾姆瓦尔现在全身心带领地球护卫队抗击敌军，基本上不再参与警署的日常工作和管理。军事方面，地球安全防卫局管辖的全球防空洞，官方开启使用的有 26,900 个，已经被摧毁和攻陷了 8000 个，柏林广场防空洞等数千个防空洞已经失去监控和联络。

100 万台 ED-1 改装完成后被投放到全球各地，本来被寄予厚望的 ED-1 面对已经升级的敌方机器人步步败退，越来越多的敌方机器人"穿"上了丼物质防护甲。作战中双方各有死伤，但是牺牲的 ED-1 是死亡的敌方机器人的数倍。ED-1 用新装备的电子钕磁铁牢牢地吸住敌方机器人，然后自爆，这已经成了主要的杀敌手段。欧盟海军轮值司令意大利海军上将多纳特罗·格拉齐亚尼与敌军同归于尽，鹿特丹港的欧盟海军司令部被夷为平地。

夏威夷群岛的美国海底军事基地、开普敦的西蒙斯顿基地、北非亚历山大港军事基地、哈利法克斯的加拿大大西洋舰队等全球十几个军事基地已经被攻破，其余军事基地纷纷宣布不参与任何救援及打击行动，全面封城自守。网络上最火的"英雄纳雄耐尔"平台，已经从最高日更新上百万条信息，降低到每天发布三五百条新信息。最新一条资讯是地球安全防务局发展研究中心主任以个人身份发布的：地球捍卫者 ED-2 的研发工作已经停滞，并且 ED-1 由于供应链及运输中断等问题暂停改装和装配。

真是"屋漏偏逢连夜雨,船迟又遇打头风"。还真应验了"祸不单行"这句古谚语,只不过这"祸"可不是一般的祸,每一个"祸"都是一个巨大的灭顶之灾啊!

月球上变得异常萧条,没有了来自地球的物资,这里的食物、生活用品、医药、电子仪器等很多物资都匮乏稀缺。月球城以往常住人口保持在 9 万人左右,随着难民涌入,现在超 25 万民众食物短缺亟需帮助,整个月球城陷入大饥荒的泥潭,这进一步造成了混乱和恐慌。通货膨胀严重,以前几百元的家常便饭,涨到几万、几十万元,现在吃顿好饭得花上百万元。更可怕的是,人们已经对货币,甚至宝石、黄金都失去了信心。地球已经奄奄一息,有 10 亿元现金又能怎么样呢!

金碧辉煌、醉生梦死的娱乐城,洗漱用品都没了,更别提红酒、果盘、香薰了;用来展览和演出的好多外星生物、变异生物都饿死了;服务员、理疗师、美容师等服务业从业者看老板玩失踪不顾员工死活,便开始无所忌惮地烧抢打砸;矿场数百名工人也都不再工作,抢砸了物资库和宝石库,有的待在矿场,有的开始在月球城四处晃荡;无数人挣扎着希望能活到明天,很多体面的人也都开始去垃圾场翻找残羹剩饭……

月球站有面积近 1000 平方米的太空动植物试验农场,小麦、玉米、大豆、西红柿、萝卜、卷心菜、甜菜等上百种"太空植物"已经适应月球土壤和失重环境,这里还饲养着羊、牛、猪、牛蛙。无数人涌入,农场被洗劫一空,连化验仪器里面的叶子都被吃光了。传言说那只外星大章鱼的肉能吃，结果半天时间就有几百人死于食物中毒。如果再这样下去，人吃人的惨剧都可能会发生。

黑市成了真正的黑市，这里每天都刀光剑影、火光冲天，已经完全没有了秩序，不再讲究商业道德和大家多年来形成的规矩，尤其是那些卖日常用品的，要么被抢，要么被杀，有的店铺从店主到店员五六口人都横尸街道。

太空星际安全管理中心的月球站城门紧闭，但是当人们听说那里面袋装的烤鸡就有几千袋以后，城门很快被攻破了，所有物资被抢劫一空，这里的很多高科技设备，竟然被像丧尸一样的人类破坏损毁。不远处，有人试着启动了宇宙飞船想返回地球，结果引起了巨大的爆炸，数艘宇宙飞船被炸毁，数百人殒命。

矿区、月球站、黑市、月亮娱乐城都不断受到破坏和损毁，部分太阳能发电机组、封闭建筑的顶棚和外壳都已经受到了破坏，其他很多设施也出现了问题，又没有人维修和防护，危险已经越来越近。

亨特的日记主要记录了两个人的情感历程，可以用来解释以前发生的很多事情，让蒋吉看到了背后的真相。蒋吉在救护舱里面闭着眼睛，思绪始终停不下来，一直在想怎么办，辗转反侧，虽然还没有完全康复，但是他不想再这样躺着了。他进入放着操作台和仪器的房间，看着画得满满的几张纸，还有投射在大屏幕上的信息。

他在屋子里面来回踱步，自言自语。核心问题是杀死黑箱子和金字塔，可是怎么杀呢？丼物质已经进化为高度智慧的生命。现在代表地球的政府和军方都已经没有行动了，难道地球就这样毁灭了吗？不能这样，不能这样，必须想办法！

蒋吉突然看到一个高能防护球，高能防护球是透明的。咦？这个莫非就是亨特说的骷髅头项链？他走上前去拿起防护球。蒋吉记得亨特日记里面对骷髅项链有详细的描述，他看看日记，看看防护球，再看看日记，再看看防护球，每个细节都一一比对，确认这个确实与亨特提到的骷髅头项链一样。

蒋吉想对这个项链进行成分检测，便把防护球放到仪器内，做完整体检测后，他看到成分报告上写着锌、镉、镭和钋，可以看到补充说明提示钋是钋210。他当时吓了一跳，钋210可是人类已知的毒性最大的物质。钋210毒性比氰化物高1000亿倍，属于极毒性核素，它容易通过核反冲作用形成放射性气溶胶，污染环境和空气，甚至能透过皮肤进入人体。钋的α射线能使有机物质分解脱水，引发有机体一系列严重的生物效应。钋210进入人体后，水解生成的胶粒能与血浆结合成化合物，长期滞留于骨、肺、肾和肝中，其辐射效应会引起肿瘤。

蒋吉想，这是有多大的仇恨，才会给对方用这种剧毒啊！根据亨特的日记，这个项链是丽萨送给他的，对了，那肯定就是丽萨想将他置于死地，真的是蛇蝎心肠啊，他可是最爱丽萨的人！

这个时候，李瑟琳走过来，睡眼蒙眬地说："我去救护舱看你，发现你没在里面。"蒋吉点点头。

李瑟琳说:"现在你的伤口还在愈合,电活性生物聚合物会像小蚂蚁一样,经过复杂的计算和分析,重新生成肌肉细胞并拼合连接,你最好还是别动啊!"

蒋吉点点头,指了指仪器里面的防护球,递给李瑟琳一张检测结果。

李瑟琳说:"这个我早检查过了。"然后把原来压在高能球下的检验结果递给了蒋吉。

两个人看完两份结果后同时愣住了,为什么蒋吉检测的结果里多了钋呢?原来分明是没有的,李瑟琳又检测了一遍,果然还是有钋元素,并且主要分布在高能防护球的表面。

李瑟琳问蒋吉:"你在哪儿拿的防护球?"

蒋吉说:"就是那里啊,刚才你拿那张纸的地方。"

李瑟琳又问:"你刚才除了拿防护球,还拿过什么吗?"

蒋吉说:"就是这个日记本啊,我这两天看完了亨特的日记。"

李瑟琳让蒋吉把日记本放在检测仪器里面,检测发现这本日记的钋 210 含量特别高,蒋吉也是一脸疑惑。李瑟琳说:"这是亨特要害你啊!"

蒋吉说:"不会的!对了,我知道了,亨特就是被毒死的,这说明亨特的生活用品可能都被动了手脚。"

李瑟琳把父亲李泰勒喊过来,说:"蒋吉这两天抱着的这本日记上有剧毒,您快带蒋吉检查一下吧。"

李泰勒想问清楚,李瑟琳说:"钋 210。您赶紧带他去啊!"她启用了仪器的防护系统，用扫描阅读器把日记本里的文字读取成一个文件，打开文件开始阅读。

李瑟琳把整个日记快速读了一遍，大概明白了事情的原委，看来亨特是丽萨害死的，又仔细地翻看了一些章节，一对恋人最后鱼死网破，难免令人嘘唏。蒋吉被整体检测了一遍，他并没有受到深度污染，李泰勒对他采取急救措施，淋浴，用肥皂水清洗皮肤，同时肌肉注射二巯基丙烷磺酸钠。两个人折腾了七八个小时后回来，看李瑟琳还在翻看日记。

李瑟琳说："亨特在日记里提到过戴上这个项链以后不再头疼，说不定它对丼物质有抑制作用。"

蒋吉说："那我们可以拿丼物质试验一下。"

李泰勒打开一个箱子，里面至少有几十个小罐子，每个罐子里面放着一只潮虫，罐子是由透明的超强度玻璃制成，能看到有的罐子内面有被啃咬过的痕迹。李泰勒解释说："这个虫子叫沙漠鼠妇，又叫沙漠地虱，不吃不喝可以活一年。这是一些军方用来做实验的轻微感染丼颗粒的动物，虽然它们有铁嘴钢牙，但它们要完全咬穿罐子至少需要 80 天时间，所以大家不用担心。"李泰勒打开防护球，把一些罐子里面的潮虫用镊子快速夹出来，潮虫的背放在沾了高强度胶的项链上，这样潮虫咬不到四周的东西，而且能保证潮虫与项链近距离接触。项链的各个部分，包括吊坠、链子和连接处，都沾上了潮虫。

过了一会儿，李瑟琳发现有的潮虫死了，有的很虚弱。她欣喜若狂，高兴得差点跳起来，叫大家一起来看。

李泰勒说:"你不能认为它们不动就是死了啊,也不能因为它们动作极慢就说很虚弱。"

李瑟琳本来很高兴,听到父亲这样说,也不服气地说道:"可以检测一下啊。"

李瑟琳启动生命体征探测功能,项链脖颈后部位置的两个潮虫确实是死了,其余的奄奄一息,生命体征已经变得很弱。大家很疑惑,那到底什么成分起了作用呢?防护球的表面还有钋元素,为了排除干扰,李瑟琳用机械手操纵,把骷髅头项链从防护球中取出来,仪器里面只放骷髅头项链和新粘上去的几只潮虫,然后大家开始观察。

过了一会儿,果然有新放上的潮虫死了,而且还是在项链脖颈后的位置。看来就是这个骷髅头项链起到了作用,和钋元素没有关系。

李瑟琳抱着蒋吉跳了起来,说:"这真的是令人兴奋的发现啊!"

李泰勒也很振奋,说:"那就是锌、镉、镭中的一种元素,起了最重要的作用。我推测是镭,因为锌、镉是很常见的;而镭是非常厉害的元素,用在新科技产品中比较多。纯的金属镭是几乎无色的,但是暴露在空气中会与氧气反应,产生白色的氧化镭,这些缝隙和孔洞里的白色颗粒应该就是氧化镭,项链最后面三节链子上这样的白点尤其多。"

李泰勒亲自操刀测验,很快得出结论:骷髅头项链脖颈后面的几个链环中的镭含量是项链其他部分的几十倍。

有了这个发现,李泰勒也非常高兴,说:"我们必须要庆祝一下,我亲自下厨,给你们做顿好的!"

蒋吉说:"好啊,好啊,这种日子里吃顿好的不容易,我也还没尝过您的手艺呢。"

说是吃饭,其实只不过是换了种工作方式,三个人一边吃着一边还在讨论如何尽快杀死丼物质,恢复地球的安宁。李瑟琳看大家兴致很高,但是有个疑问还是忍不住提出来,说:"镭本身就是致癌物,又能杀死丼颗粒,那丽萨为什么还要用钋210呢?"

蒋吉说:"因为丽萨想更快地杀死亨特,镭是有辐射的一级致癌物,但并不能快速致命。"

李瑟琳继续问:"那镭为什么可以很快地杀死潮虫呢?"

李泰勒说:"项链距离人类大脑可能有300毫米,但距离潮虫的神经中枢可能只有1毫米。而且项链的杀伤作用是四散开的,并没有完全精准指向大脑,其实起的作用微乎其微,所以只是能抑制亨特大脑里的丼颗粒,使其断开网络。我的理解不一定对,需要更深入的研究。"

饭后大家都各自回了房间,但是都没有休息,三个人都在发愁。李瑟琳愁的是这里的食物可能只够吃两个星期了。蒋吉一直在想:"怎么能搞到大量的镭呢?这兵荒马乱的年月,整个新大洲的幸存者估计都没多少了。"他尝试着挨个联系,给几十个人发了信息,但是半个小时过去了没有任何回复。他想:"现在可能太晚了,明天早晨或许会有回复的。"但是他随后又想:"就算有了镭又能怎么样呢?"

李泰勒躺在床上也睡不着,想着:"这个试验本质上能说明什么呢？目前来看，丼颗粒寄生在地球生物体内，可是被寄生的生物也没变成神奇生物啊，还是可以被杀死的。潮虫本来就可以被毒死，丼颗粒感染了潮虫，那这个丼颗粒感染的潮虫也还是可以被毒死的，并不能证明丼物质被毒死了。"他这辈子做过无数次试验，他很明白每一次试验都可能是通向真理的道路，也可能只是增加了一次犯错的记录，刚才自己太疏忽，而且过于乐观了。

　　李泰勒睡不着，翻身起床来到试验室，看到蒋吉也在这里，两个人简单交流了会儿。蒋吉想起自己有一个从 OAMPA 机器人身上拆下来的丼物质小圆柱，回屋找了好长时间，终于从自己的箱子里翻出来。蒋吉拿着一个密闭的玻璃器皿走出来，里面的黑圆柱子已经散成了粉末，沉甸甸的。

　　李泰勒接过来看了看，说："这样很危险的，它会不会跑出来或者咬破玻璃？"

　　蒋吉说："不知道，这些丼物质已经在容器里很长时间了，一直都在里面，估计不会跑吧。我可以确定这个是机器人身上的丼物质，但不确定是什么级别的，也不确定这个是机器人身上的全部，还是只是一部分，不确定机器人大脑中是不是也有丼颗粒。"

　　李泰勒说："还有一个问题，我们怎么能证明这种物质是活的还是死的？"

　　蒋吉说："我能看到它在显微镜下确实在动。"

　　李泰勒说："一块钢板的分子和原子也会动。"

　　蒋吉说："我证明给你看，我给载物板铺一层极薄的线路，然后取一些丼颗粒放在线路上。当我对线路进行有规律的信号输入，通过显微镜可以观察到丼颗粒能够记住信号脉冲并且很快掌握规律，这非常像人脑建立记忆并且转化为潜意识动作的过程。如果把连续多次的两高一低突然改成两低一高，就可以监测到丼物质是会思考和判断的。根据生物系统固有的信息处理机制研发出来的新的生物计算机，也是同样的道理，丼物质完全符合生物信息学的定义和特点。"他一边说，一边演示。

李泰勒把蒋吉的丼物质颗粒倒到军方提供的一个空罐子里面，说："我这种透明小罐子更安全一些，而且打开后还可以再次密封。"他将罐子靠近骷髅头项链后等了会儿，可以看到丼颗粒在里面四处乱撞，本来铺在小罐子底部的丼颗粒像被狂风卷起，整个罐子里面弥漫着黑色的轨迹，罐子被撞得左右乱晃。如果罐子不是特种材料，而且是按照严格的规范进行封装，估计现在丼颗粒已跑出来了。

蒋吉说："我一直有一个疑惑，丼物质是一种外星物质，如果只是射线就能杀死，未免过于简单了吧。我们都知道宇宙射线，宇宙射线在整个宇宙都非常普遍，属于带电高能次原子粒子。地球上的射线一般是稳定的粒子，像质子、原子核或电子，但是这些和组成宇宙射线的粒子是一样的。骷髅头项链可能产生的 α 和 γ 两种射线，或者放射性气体氡，在宇宙中都是常见的射线和气体。"

李泰勒推了推眼镜，想了一下说："不，不，并不能说因为丼物质来自外太空，丼物质的克星就不能是外太空的常见物质。我给你举两个例子来说明。每年的 7—10 月会有成千上万条三文鱼到加拿大佛雷瑟河上游的亚当斯河段繁衍后代,但是灰熊、白头海雕等无数的天敌就在三文鱼洄游产卵的河边等着肥硕的鱼跳到嘴里。海龟要在陆地上产卵,鹰、野狗等很多动物都吃海龟蛋和刚出生的小海龟,就连沙滩上的螃蟹都吃小海龟!小海龟一出生,就成了无数鸟类和陆地动物的美味佳肴,侥幸游到水中的小海龟也会成为一些海生食肉动物的食物。生命就是伴随着它们的天敌进化而来的,并不会说因为这里是一片沙漠就无法生长植物,植物会想方设法以某种方式在沙漠里生存。你知道,地球上的鱼卵,虽然没有数据统计,但是我觉得 90% 的鱼卵可能都被吃掉了,只有 10% 的幸运儿才能茁壮长大。井颗粒可能有上万万亿个、无限多个,所以理论上来说,这个庞大的种群是不怕死的。"

蒋吉听了感觉有道理,但还是觉得不可思议。一个生物,确实会时时刻刻地面临死亡,所有动物都是这样的。他想了想说:"您说得非常有说服力,可是您说的是两种动物,我说的是井物质如果接收射线会死亡,那么就无法生长在宇宙中,我说的是环境。如果井颗粒在射线环境中都无法存活,这个物种如何能在宇宙中长期存活呢?"

李泰勒想了想,并没着急回答,他说道:"宇宙射线包含的成分很多,而且不同星系有不同的宇宙射线,α 和 γ 射线只是其中的一小部分。而且宇宙中不光有射线,还有星系、黑洞、星云、暗物质、星球、宇宙尘埃、空气、液体、固体、各种能量等。我们这个试验也并不能完全证明射线就可以杀死丼物质，我的推断是γ射线有一定的功效。我们来分析刚才的试验，镭能同时放射出α和γ两种射线。α射线又称为'甲种射线'，是放射性物质所放出的α粒子流，放射性物质在α衰变的过程中会发射出α射线，由于α粒子的质量比电子大得多，通过物质时极易使其中的原子电离而损失能量，所以它穿透物质的本领比γ射线弱得多，容易被薄层物质所阻挡，一张纸可能就能阻挡α射线。γ射线波长很短，是波长短于0.2埃的电磁波，但穿透力强，射程远，一次可照射很多材料，而且剂量比较均匀，危险性大。我曾经担心γ射线无法穿过这个小罐子，因为我也不知道这个罐子的材质和密度。所以，我觉得，有可能只是γ射线起到了这个作用，这仅仅是我的简单推测，我会再做专门的试验来证明这一点。"

蒋吉点了点头，表示认同，不过两个人没有任何的喜悦之情。李泰勒说："探究真理的历程就像我们在画一个圆形，圆圈内表示我们已知的部分，圆圈外表示我们未知的部分，我们已知的部分膨胀增加后，我们未知的部分也随着增加。当我们了解得越多，我们越会感觉到自己的无知。刚开始我们看到潮虫被杀死了都欣喜若狂，现在反而垂头丧气。"

蒋吉说："是啊，现存的疑问太多了。有了镭以后怎么办？镭对潮虫、机器人有效，但是对于级别更高的丼物质首领有效吗？即便现在有镭，如何使用？做成武器吗？做成什么样的武器呢？类似这样的问题可能还有几十个在排着队等待解答和解决。"

李泰勒问道:"蒋吉,你有没有想过如果我们把丼物质和地球上所有的敌人都打败了,你希望过什么样的生活?"

蒋吉偶尔也会憧憬——虽然几乎没有时间来做这种畅想,他想说自己想和李瑟琳去度假,想和她每时每刻都在一起,但他知道这样说不合适,便婉转地说:"这个确实想得很少……我想找一片风景优美的沙滩,能看到蓝天、明媚的阳光、摇曳的椰子树,有清爽的海风吹来,哎,想想都是一种享受啊!或者去芬兰郡的耶利斯滑雪,北极光照耀着迷人的拉普兰仙境,照耀着白雪皑皑的树林、湍急的河流,如果滑雪滑累了,就向放牧的萨米人学习捕鱼的技巧,感受当地土著居民的文化。当然,最重要的是有李瑟琳陪着。"

蒋吉见李泰勒没有回话,继续说道:"还有,我要去我出生的地方再找找,虽然那里很脏很破,但是那里是我长大的地方,我要想办法找找爸爸妈妈,万一他们还活着呢!要找找小时候的玩伴,不知道他们都好不好。如果那里还有人在住,我想要帮助他们、救济他们,让他们过更好的生活,要向政府部门反映那里的真实情况。"

李泰勒笑了笑说:"我想过一些,我一定要去做更多的考察和研究,每天能看到最美、最真实的风景,置身于花花草草之中。当然,危险的地方我也愿意去,我想去做些实地考察,去地球上污染最严重的无人岛——塑料岛,那里被治理后,最近几年又受到了污染,去那里捡捡垃圾,就当锻炼身体了。我要吃遍全世界的美食,酸辣粉、火锅、鹅肝、黑松露、焗蜗牛……"

蒋吉说:"哈哈,看来您还是个资深美食家。"

李泰勒说:"其实我也没吃过多少美食,因为我绝大部分时间都在工作,即便是出差也是以吃工作餐为主。还有最重要的一点,我打算搬回乡下,我妻子的墓在乡下,我想和她待在一起,每天给她讲一遍老头大战外星怪物的故事,也讲别人的故事。她还在的时候我们聚少离多,现在想来,真是懊悔万分啊,如果能选择重新来过,我一定换一种生活方式。"

两个人又聊了会儿,实在太困了,才回去稍事休息。李泰勒睡之前又做了一次试验,然后给军方的朋友和一些科学家、生物学家朋友发了信息,希望能找到镭。

蒋吉睡的时间不长,听到有电话呼进来,他启动手环通话,另一端传来声音:"蒋吉啊,我也出来了,我们公司有一个秘密研发实验室,我现在在实验室呢。"

蒋吉一听,这不是汉克斯吗?他瞬间睡意全无,说:"汉克斯啊,我上次真的也想带你一起出来的。"

汉克斯说:"没事儿,知道的,那时候我还想在里面多待些日子呢,反正我也是人类的罪人了,死在哪儿都一样。后来哈尔斯说自己在月球城创立了一个帮派,热火朝天,劝导我人生没有终点,要一直向前。他还说新任署长贾姆瓦尔一条腿被炸断了还在继续战斗,冲在第一线。后来我想我不能做一个缩头乌龟,我是人民的罪人,但是我不是人类的懦夫!"

蒋吉突然特别内疚,就主动坦白,说:"我朋友救我出去的时候本来给了我一个控制机器人的装置,但那天我们走得特别匆忙,那个仪器不知道是被我从监狱跑出来的时候弄丢了,还是落在朋友的飞行器上了,后来就没能……唉!"

汉克斯说:"你这个臭小子,不过我就喜欢你的诚实。你猜我是怎么出来的,你肯定猜不到,后来那个鬼地方都没人看守了。我想这不得饿死我啊,怎么办啊?我就念叨着'要是能入侵看守系统把牢门打开就好了',结果那个卧底机器人两眼蓝光一闪,那牢门就弹开了!我说,你怎么不早开啊!我要再设计机器人,必须让机器人能主动思考,帮助人类解决问题。"

蒋吉赶紧劝汉克斯:"别别,可别,机器人还是简单一些、干些家务就行了。你看你老毛病又犯了,你都已经忘了你犯的滔天罪行了吗?"

蒋吉向汉克斯讲了他们最近的研究和发现,汉克斯想了想说:"有意思,有意思,我消化一下。对了,我这个实验室是我们公司的顶尖实验室,有很多前沿设备和玩意儿,有需要随时叫我。"

蒋吉还想说两句,汉克斯已经挂断了,他心想:"这个挨千刀的大哥!你说有好玩意儿,你倒是介绍一下啊,有用得着的我好找你啊!"

第五章 被拯救的未来

被拯救的未来

蒋吉正要躺回去再睡一会儿，李瑟琳推门进来，非常慌张地说："你知道吗，最近我已经监测到两三次，地面，就是我们基地外面，有杀人机器人和各种动物在活动，不知道是已经发现了我们，还是只是从这里路过。"

蒋吉听到后心里一惊，最恐怖的事情，终归会发生的！他想起了墨菲定理：如果你越担心一个事情的发生，那么它越会发生；任何事情都没有我们表面看起来那么简单；会出错的事情总是会出错。他又想："绝对不能接受这种心理暗示！"他迅速调整了下表情跟李瑟琳说："别害怕，这些坏蛋每天都在全世界游荡，我家还有几次被机器人搞了破坏，咱们在密室里面不是也没事儿吗？现在我们马上行动，不等它们发现我们，我们先把它们老大灭了！"

蒋吉说这话其实心里一点儿底都没有，之前列的十几个困难和问题都还在那里摆着呢，没有任何推进；而且就算全部解决了，又有多大胜算呢？

他心里叹了口气。

蒋吉、李瑟琳和李泰勒聚在大实验室开始紧急商量对策。

李泰勒说:"我给一些朋友发了信息,希望找到更多的放射性物质,还没有收到任何回复,估计凶多吉少啊。"

蒋吉说:"我也给一些人发了信息,没有任何答复。"

李瑟琳有点儿着急,脸色微变。

蒋吉说:"我们冷静一点,试着不带任何感情色彩,就当要攻关一个课题。第一个问题,我们需要多少镭?"

李瑟琳:"不知道,因为我们根本不了解我们的对手,也没有条件去做大量的试验,无法得到准确的数据。"

李泰勒:"不一定是镭,能发射 γ 射线的、半衰期长一些——最好是几年的——这样的放射性物质应该都可以。另外,要尽量保证杀敌的时候是这种物质发射射线的高峰期。对了,我们学校应该有一些教学研究用的放射性物质,最起码应该有铀、钍、钚。只是不知道能不能进入学校物资库房,以前需要教务主任和后勤主任审核通过,我们刷脸或者领取一次性通行卡才能取出物资来。"

蒋吉马上站起来说:"不行,不行,这个绝对不行,想都不要想!要去的话也是我去!"

李瑟琳也反应过来,慌张地说:"不行!现在谁也不许出去!只要出去就有非常大的危险,现在已经和以前完全不一样了。"

李泰勒见女儿急了,赶忙安抚道:"不出去,不出去。"

大家继续讨论,蒋吉说:"还是那个老问题,我们其实并没有证明镭一定能杀死丼物质的首领啊。"

李泰勒说:"潮虫和机器人的丼物质如果都被镭杀死了,那么我们可以做出这样的大胆推测,因为它们虽然有等级和层次,但毕竟是同一种物质。就像能杀死蚂蚁的农药,理论上来说也可以杀死蚁后。我们现在并不具备做大量论证的条件,你有更好的办法吗?"

蒋吉感觉李泰勒说得有道理,沉默了几秒才道:"我之前列了几个问题,但还是考虑得太简单了。"

李瑟琳说:"是啊,很多放射性元素,都是化学性质较活泼的,高温、水、空气、硫等很多条件都可以改变其性质,比如钍能与除惰性气体外几乎所有的非金属元素作用,生成二元化合物。还有个问题,就是在整个操作过程中,我们随时都可能会因辐射而中毒。"

李泰勒回答李瑟琳:"这个就交给你了,你负责整体的原料控制和防护体系。要保证在操作过程中物质不能改变。如果需要切割组装,要注意让它尽可能少地暴露在空气中,以免产生反应改变性质,你多想想,应该问题不大,多研究一下。"

蒋吉说:"现在最核心的还是找到原料,否则都是空谈,没有意义。"

李瑟琳说:"我会看好门的,我说了,谁也不许出去。我会更换飞行器和大门的口令,谁都别想偷偷溜出去。"

蒋吉走出大实验室,找了个没人的角落,狠狠地用拳头打墙,直到关节有血渗出来。一方面,他心急如焚,杀人如麻的敌军近在咫尺,必须解决这个迫在眉睫的问题;另一方面,他恨自己保护不了自己亲近的人。可是就算自己冒着生命危险出去,又有多大把握能活着回来呢？他坐立不安，如坐针毡，他感觉到胸闷，有一种巨大的压迫感，让他快要喘不过气来！

虽然几乎没有胜算，但是我们必须抗争到底！在这种危急关头，任何的语言和辞藻都变得苍白无力。蒋吉想起无数个英雄人物，那些已经被美化得没有缺点、完全不顾个人安危甚至没有丝毫的恐惧。力挽狂澜的英雄是多么令人羡慕和钦佩啊！

蒋吉挣扎着想："我到底该不该出去？这是一种英勇无畏，还是一种蚍蜉撼大树的无谓挣扎呢？有没有更好的办法呢？"他用手狠狠地抠着自己的脑袋，能感觉到指甲已经插到头皮的肉里了。

他突然想起还有机器人在家里呢，立刻跳了起来，然后快速走回大实验室。

看到李泰勒和李瑟琳对坐不语，蒋吉过来说："大家别愁了，我有办法了。我家里有一个机器鼬鼠，我可以把它唤醒，你们也看下还有没有能操控的机器人。"

李泰勒觉得有道理，小跑着去电脑上查看。蒋吉冲着手环助理喊："YOYO，你在吗？"他连着喊了两声，手环的小屏幕上才出现了鼬鼠的身影。鼬鼠两脚直立，立正敬礼，屏幕上显示："到！"

李瑟琳看了笑了起来。蒋吉说："这个鼬鼠，我没有设计语言功能，它不能像人一样说话，但是它的感受、表情、动作会被翻译成有趣的小动画或者文字显示出来。"

蒋吉问李瑟琳："要不然先让 YOYO 在附近找放射性物质？如果让 YOYO 到咱们这里来，太远了。这段时间也可以等你父亲来查一下你们的机器人。"

李瑟琳点了点头,蒋吉把搜索目标设定为主体"放射性物质",描述"释放γ射线,发射γ射线,发出γ射线",补充说明"γ射线＝伽马射线",搜索范围"3千米之内"。鼬鼠YOYO两脚直立,立正敬礼:"收到,YOYO马上去搜索。"

YOYO虽然看起来笨笨的、憨憨的,干起活来可一点儿都不含糊。它迅速下载了关于放射性物质和γ射线的相关知识和内容,按照平时蒋吉教它的方法把门打开,像一只真的鼬鼠一样开始了专业的搜寻工作。YOYO速度很快,胡须一翘一翘的,两只黑莹莹的小眼珠滴溜溜地转,身材敦实,东窜窜西窜窜,遇到疑似物品,就会用两只小小的前爪把东西捧起来仔细检查。爬坡、翻墙、涉水、挖洞,它穿梭于废墟之间,像专业搜寻队员。

李瑟琳在旁边看得起劲,问:"YOYO怎么这么厉害啊?"

蒋吉说:"我不是和你说过吗?小时候我的鼬鼠就是一只专业探矿机器人,后来我再造YOYO的时候很多原来的功能都保留和加强了,而且我经常给它升级,现在鼬鼠用的人造肌肉都是我们团队研制的,动作极其精准,而且……"

李瑟琳打断了他,笑道:"那你还让它做一只哑巴宠物。"

蒋吉说:"我只是感觉一只老鼠在说话,怪怪的。不过,你这个思路很好,其实大部分宠物机器人都会说话。将来把你的声音采集上,让YOYO模仿你的声音说话。"

李瑟琳打了他一拳,说:"那你去和YOYO谈恋爱吧!"

李泰勒在电脑上插入了机器人的微型控制器，研究中心的机器人和"运输狗"都已经无法启动了，提示"未知错误""严重损伤""无法读取状态"等错误。家里有一台机器人，居然还处于待机状态，可以正常使用。他暗暗高兴，这个办法还真不错，家在学校宿舍楼里，机器人走到学校物资库房，完成任务，是完全有可能的，只是还没想好教务部和后勤部的授权怎么搞定。他把机器人唤醒，输入了目的地，机器人开始按照导航路线行进。

可是，机器人刚走到操场，就被一个丼颗粒子弹击中，瞬间成了一堆四散飞溅的残片，电脑屏幕上红色报警闪烁，提示"彻底摧毁，失去控制！"

李泰勒快快地走回来，只得和蒋吉、李瑟琳一起等着YOYO的结果。YOYO体内有一个微型无线电发射机，发射机把电流信号转化为无线电信号发射回来，只要发现符合条件的，蒋吉的手环就会响起。而他的手环这么一会儿已经响了好几次了，但YOYO发现的要么是装修材料，要么是石头，要么是废弃家电，还有一盒化妆品里发出的射线都被YOYO测了出来。他有点儿尴尬，心想："YOYO！我不是让你去收废品！"于是他调整了灵敏度，把搜索范围设为五千米。过了挺久，YOYO还是一无所获。

蒋吉立马和YOYO沟通，说："我们要找的是原料，纯净的原料，射线更强烈的。"

李泰勒说："要不设定十千米范围。"

蒋吉说："十千米范围太大，那样我怕它……"

这个时候蒋吉的手环又响了起来,这次发现的是超强的辐射源。他一边将 YOYO 的视野切换到大屏幕上,一边抱怨:"你这怎么还进药店了?"

YOYO 进去后径直走到地下一层,又走到地下二层、地下三层,来到一个黑咕隆咚的地方,YOYO 把配备的灯打开,前面是一堆乱七八糟的仪器,YOYO 爬上一台急救舱一样的设备。李瑟琳说:"应该是医用器械,你看上面还有红十字标志,估计是又找错了,要不让 YOYO 回去吧。"

蒋吉说:"等等,我们要相信它,这究竟是什么呢?"

李泰勒突然喊道:"这是一台伽马刀治疗仪,而且还是治疗全身的大型仪器,我去一些非洲国家考察的时候见到过这个东西,脑部那个头盔部分就能射出 201 条钴 60 高剂量的离子射线,这就是我们要找的理想的 γ 射线原材料。真不错,真不错!你让 YOYO 再活动活动,看看后面还有什么。"

蒋吉按照李泰勒说的给 YOYO 下了指令,李泰勒又喊道:"哇,后面还有几台这个仪器,这下好了,这么多应该就够了。可是怎么把这些东西弄下来呢?"蒋吉说:"这个问题不大,YOYO 本身就是一台探矿机,可以取样,而且可以背负比自身重十几倍的东西。"

李瑟琳问:"YOYO,你累不累?"YOYO 立正,点了点头;愣了几秒,赶忙又慌张地摇摇头,同时屏幕上显示出颤颤巍巍的"不累"。下一秒,YOYO 就累得休眠了。

蒋吉说:"我已经给它设定好了,它能量恢复以后会把每个钴

60 离子射线部件都切割下来，可能有两三千条。YOYO 会自己打包，估计至少要 50 趟，甚至可能要上百趟才能搬完。"

李瑟琳听到这里，捂着脸说："我们这是要把 YOYO 当驴使吗？可怜的宝贝儿！"

蒋吉打开 YOYO 的数据指标监测界面看了看说："可怜的孩子，现在他的工作量已经相当于成年人跑了两个全程马拉松了。"

YOYO 醒来后陆陆续续把 1000 个圆柱形的射线部件都切割了下来，通过家用原子传送网络传送了过来。三个人把得来不易的射线部件从传输机上取下来，用防护箱装起来，抬到地下基地最远的一堵墙后面。

李瑟琳说："让 YOYO 休息吧，估计这些已经够了。"

蒋吉看了看手环，心里咯噔一下，说："咦？ YOYO 已经失去联系了。"

李泰勒过来，说："是不是频繁接触射线，YOYO 被烧毁了？"

蒋吉说："不知道呢，射线对于 CMOS 部件还有很多高度灵敏的传感器可能有伤害。还有一种可能，会不会被……"

李瑟琳也很难过，过来安慰蒋吉。蒋吉看 YOYO 最后传回来的 GPS 位置信息是在回家的路上，便低头不再说话。李泰勒和李瑟琳又说了些安慰他的话，都先回屋休息了。

蒋吉整个晚上都坐在桌子前面，不知不觉睡着了，醒来的时候看到大屏幕上写着：

第一步　找到原料，囤积起来待用　√

蒋吉看李瑟琳和李泰勒不知什么时候回来了，说："接下来怎么办？唉！这真的是一个极其复杂的课题啊，如果是西天取经的话，我们这只是刚刚出发啊！"

李泰勒站起来说："大家不要那么悲观。"

李瑟琳说："还不悲观？我们吃的食物可能只够一个星期了！还有，你们看现在外面已经有越来越多的杀人动物了，杀人机器人倒是没见增加。"

蒋吉又叹了口气，李泰勒打断了蒋吉，说道："咱们现在必须群策群力，'三个臭皮匠，顶一个诸葛亮'！想法可以天马行空，不要怕说错！而且最关键的是，我们必须想办法啊，不能指望神仙来拯救我们。我先说一下个人的想法，把钴60做成炮弹，精准发射到太空城的金字塔和月球城的黑箱子，用引爆以后的超强辐射杀死丼物质的两个首领。"

李瑟琳说："我们现在没有这样的武器，又没有军方的支持，而且就算能发射过去，导弹误差至少有50米，何况我们是要让炮弹突破地球引力攻打月球。"

蒋吉说："对了，核辐射其实就是射线辐射，如果按照这样的逻辑，岂不是发射两枚核弹就可以解决问题了吗？"

李泰勒想了想，说："确实是这个道理，可是那月球城上的二三十万人也都会被炸死了，太空城上还有几万人，也会被炸死。

况且我军方的朋友现在已经联系不上了。"

李瑟琳说:"最难的是必须同时打击黑箱子和金字塔,要不然攻打一个的时候,另外一个可能就跑了。有没有可能这样,蒋吉梦中再联一次网,进入梦境以后,用钴 60 离子射线器把首领给干掉。"

蒋吉听了感觉可笑,心想李瑟琳这是科幻电影看多了吧。李泰勒摇摇头,说:"蒋吉,你说说你的想法。"

蒋吉完全没有准备,但别人都说了意见和观点,便说道:"我觉得太空城的金字塔是密封的,先把钴 60 扔进去,然后把口堵上就可以了。"

李瑟琳说:"这怎么可能?谁去扔?怎么堵?"

李泰勒说:"每种想法都有可能,不要轻易否定别人。太空城有一个传送台,就是传输机,是给全球科学家在地球和太空城之间传送物质用的,就像一个公共邮箱或者网盘,默认的情况下这个传送台是一直能用的,这个想法实际上有机会成功。"

这个时候,汉克斯打电话过来,蒋吉手腕一振,自动接通了。只见汉克斯戴了个大框眼镜,满头白发竖立,完全是一副爱因斯坦的造型,蒋吉吓了一跳。

蒋吉把这边的情况大概介绍了一遍,问道:"你接着介绍你那边的进展,说说你有什么宝贝武器?这次别挂电话了啊!"

汉克斯哈哈大笑,双手挥舞,高声唱道:"你是火,你是光,你是唯一的神话!"

蒋吉又吓了一跳。李瑟琳问道:"这就是汉克斯吗?在监狱里待的时间太长，疯了吧？"蒋吉"嘘"了一声，示意她小声点儿。

汉克斯接着说："告诉你吧，我最近研究了一个东西，我称之为'潘——多——拉——魔——盒——'，看我给你演示啊。"

蒋吉以为汉克斯要打开 PPT 或者视频，没想到汉克斯什么都没有，只是手舞足蹈，用更夸张的语调说道："多级超分子动力装置就是我的'潘多拉魔盒'！"然后开始上蹿下跳地介绍自己的新发明。

李瑟琳和李泰勒一脸惊愕，蒋吉解释道："科学家都这样，汉克斯是企业家，更是个科学家。"

看李瑟琳和李泰勒的脸色并没有缓和，他赶紧接着补充道："汉克斯不是一般人，'误入歧途'创办了机器人公司。"

蒋吉转而试图制止汉克斯的疯癫之举："汉克斯，汉克斯，停下！我女朋友和她父亲在旁边呢，你快吓到他们了……你已经吓到他们了！"

汉克斯正要做下一个"遮云蔽日"的动作，"遮"字刚说出口，听清了蒋吉在叫嚷什么，赶忙不好意思地停了下来。

汉克斯挠挠头，大咧咧地说："你们不明白，其实每个人都应该学学表演和戏剧的，对你们年轻人的成长尤其重要。"看李瑟琳旁边那个老头一脸严肃，他才不再絮叨，开始解释自己的"基于小分子光谱响应性分子马达的动能自组装体"，说这是一种多级超分子自组装体，目前用的是光致动性能分子。

蒋吉问："那原理是什么呢？"

汉克斯介绍道："不管是爬行动物还是哺乳动物，其运动的动能装置都是'蛋白质马达'，动能来源是肌球蛋白。肌球蛋白实际上就是一种由大型蛋白质组成的多级超分子组装体，说得简单一些就是'分子机器'。我们利用具有光致动性的分子制作有定向转动功能的分子马达。在光照下，分子马达发生光化学异构变成不稳定的异构体，这种结构变化会导致分子马达单元的排除体积增加，并导致自组装形成的纳米纤维直径增加。纳米纤维束最终实现螺旋反转，由此完成转动循环。"

蒋吉点点头，说："和我之前的纳米推动装置有点像。"

汉克斯看蒋吉对如此伟大的发明竟然轻描淡写，暴跳如雷，吼道："放屁！你那个是分子驱动的吗？动力源是什么？"

蒋吉脸红了，看了看李瑟琳，继续说："我错了，你这个将成为划时代的发明。"

李泰勒参加过很多学术会议，专家之间互掐是经常出现的，而且根据他的判断，这个发明很可能开创崭新时代。他给汉克斯竖了个大拇指。

汉克斯反而变得很谦虚，说："其实这个并不是我首先发现的，但是我在这个基础上增加了很多实用的升级和改进，这就成了我说的'潘多拉魔盒'。我找到了一种可以编程的光致动性能分子材料，蒋吉你知道这意味着什么吗？"

蒋吉说："这意味着只要有光，就有动能，而且因为能对分子材料进行编程，意味着，意味着太多的可能！真的太厉害了、太伟大了！"蒋吉知道这个东西会非常厉害，但是一时间想不出那么多的应用场景。

汉克斯紧跟着说："这就是为什么我这么激动，你刚才说对了一部分，我也还没介绍完。光致动性能分子配合光开关或者多组分子，面对任何强度的光都能运作。我还发现了一种憎光材料，憎光材料和喜光材料结合，可以省去光开关，能实现在任何光线下无休止地提供动力。"

蒋吉已经理解了，忍不住夸赞道："汉克斯，不愧是你！"李泰勒也点了点头，李瑟琳还在理解和消化听到的信息。

汉克斯接着说："最关键的一点是，我们可以设定指令和程序，它就真的如潘多拉的魔盒一样了。"

蒋吉差点跳起来，说："对啊，如果动能自组装体能携带钴60，犹如万箭齐发，瞬间全部射向金字塔和黑箱子，那岂不是就大功告成了？"他有点激动，差点像汉克斯刚才那样翻个跟头，李瑟琳瞪了他一眼。

汉克斯说："对，但是还需要设计整套框架，再配合多种功能部件才能成为真正的武器。我还在研究憎水性分子和亲水性分子。"

蒋吉打断汉克斯说："没时间研究了，再拖延地球就毁灭了。"

汉克斯"啊"了一声，电话挂断了。

大屏幕上的文字更新了：

  第二步　联手汉克斯，确定行动计划　√

第三步　制造光致动性分子的永动装置（可编程）　√

　　蒋吉兴奋难耐，连做了两个蛙跳。李瑟琳嘟囔着："这两个人怎么回事啊，发疯都能传染了？"

　　李泰勒说："都别说废话了，蒋吉你给汉克斯传送几个丼颗粒的小罐子，还有钴60。我和李瑟琳研究切分和组装钴60的技术，这里面技术要求很高，要避免被辐射杀伤，避免钴氧化或改变性质，最好能实现分子级的切分，还要考虑切分完以后如何保存。"

　　李瑟琳说："好的。我们还要利用网络，我主动联系地球安全防务局、太空星际安全管理中心、地球事务管理局、各国军事基地试试。还有那个研究中心主任，我给他发个私信，如果有核武器能同时攻打月球城和太空城最好。我们要做多手准备，确保最大可能地消灭掉外星物质。"

　　李泰勒和蒋吉对视了一下。蒋吉说："我尽快和汉克斯探讨，把'潘多拉魔盒'做成武器。"他边说边给汉克斯发了个信息："汉克斯，你的这个发明叫什么？我是说，有没有正经名字啊？"汉克斯很快答复："都说了叫'基于小分子光响应性分子马达的动能自组装体'啊。简便点儿的行动代号的话，就叫'岁穗子'吧。"

　　蒋吉愣了一下，李瑟琳笑出声来，说："这么像日本小女孩儿的名字，从他嘴里冒出这么可爱的名字，反差真是太大了！"

　　在大家庆幸又取得了进展的时候，李瑟琳从监控屏幕上发现，屋顶上已经聚集了密密麻麻的杀人动物，它们正在四处搜寻基地的入口。通过消防基地的地表感应成像系统可以看到，无数动物的脚如同一张密不透风的网。试验台上的箱子里，几十个小罐子里面的潮虫已经由浅褐色变成了深黑色，黑色的利爪钢牙舞动着，旁边的丼颗粒像沙尘暴般撞击着罐子。

蒋吉问："我们还能撑几天？"

李瑟琳说："我们的食物可能只够吃两三天了。"

李泰勒说："我觉得我们这个消防基地被攻破也是两三天吧。"

这是最坏的消息啊！凡是敌方大军所到之处，很难有他们攻不下来的地方，无论是军事基地，还是地下避灾防空洞，很多号称"最安全"的地方都被攻破了。蒋吉想起在网上看到的一场又一场大屠杀的画面，不禁心惊肉跳。气氛顿时紧张起来了，当一个人的生命进入倒计时，那是一种怎样的体验？如果当事人不知道，那还好，倘若知道，那该是多大的煎熬！

人若没有食物，大概能活五六天，可是人若被狼群包围了又能活多久呢？三个人呆呆愣在那里，屋子里面变得异常安静，时断时续的生态净化系统偶尔发出的嗡嗡声异常刺耳，空气在这个时空里像凝滞了一般！

不远处桌子上放着的复古座钟的表针按部就班地一格格走着，极轻微的"嘀嗒"声却像是脱缰野马急促的脚步声，冲撞着每个人的耳膜。墙壁四周的发光材料愈显白亮，那是一种极其严肃的青白色的光，像万把利剑射向四周，让人似乎能感觉到丝丝寒气，三个人也仿佛被利剑定住了，面无表情，一动不动，又过了些时间才回过神来。

李泰勒推了推眼镜,想说话但一时没说出来,几秒钟后说道:"我去拿一些钴 60 发射管布置在基地入口的地方,装小罐子的箱子也放一些。"

李瑟琳叫住了李泰勒,她抱住他,蒋吉也过来,三个人抱在了一起。

三个人都全力以赴、争分夺秒地为迫在眉睫的行动准备着。蒋吉提高研究效率,首先发明了一个纳米级的摄像头,里面有三个核心的部件,分别是激光投影模组、红外接收模组和主芯片。内置 Micro Mirror 技术的激光投影模组是视觉摄像头中的核心,由激光器、准直透件和衍射元件构成,主要任务是确保聚焦后产生理想光斑。激光微投影模组采用了一种第三方的,可广泛应用于微投影、HUD、手机、机器人等领域的模组,被压缩到了几纳米,超低功耗,可嵌入化程度高。红外接收模组相较激光投影模组而言,技术相对简单些,但做起来也并不是那么容易。

蒋吉打造了一个 MEMS 微机电系统框架,这是一整套融合了光刻、腐蚀、薄膜、LIGA、硅微加工、非硅微加工和精密机械加工等技术制作的独立智能系统框架,将来可以与汉克斯的"岁穗子"的动力系统、编程物质结合。接下来需要装配集成微传感器、微执行器、微机械结构、微电源、微能源、信号处理和控制电路、高性能电子集成器件、接口模块、通信模块等,最终将形成一体的微型器件主机系统。按照蒋吉的规划和设计，所有功能模块均有多个备份，可以自动切换，而且支持后续多种接口扩展。

蒋吉和汉克斯频繁地沟通，交换各种数据，在线协同合作，工作有条不紊地向前推进着。他的内心也逐渐平静下来。因为岁穗子只是其中一部分，汉克斯提议给整体的系统起个名字，蒋吉没想太多，输入并且发送"岁穗子魔盒系统"7个字，汉克斯收到信息后回复："怎么又叫回'魔盒'了？！"

汉克斯问蒋吉是如何研制出纳米级硬件的？蒋吉说："这是一种被称作'内爆制造'的技术，在膨胀的水凝胶中制造出大型物体，然后将其缩小到纳米尺度，可以将几乎任何一种材料以纳米级精度放入3D模式。利用这项新技术，我们可以用激光在聚合物支架上雕刻图案，从而创造出想要的任何形状和结构。在把其他有用的材料连接到支架上之后，使支架收缩，产生的结构是原来的千分之一。这种技术既可以用来制造具有光的基本特性的特殊透镜，还可以用于制造纳米级电子产品或机器人。"

蒋吉说："我把这称为'纳米制造民主化'。"

汉克斯称赞："你这个装置很厉害，水平比我高。"

蒋吉因得到前辈的夸奖而沾沾自喜，全身心专注于思索钻研，尽量不去想即将到来的灾难。

大屏幕上的进度已经做了更新。

第四步　MEMS微机电系统框架装配√　待测试

第五步　　纳米级摄像头模块装配√　　测试√

　　月球城上，哈尔斯已经比之前瘦了一圈，裤子都挂不住了，如果没有腰带，裤子就往下掉，但是身体依旧非常健康，甚至隐隐露出了六块腹肌。与月球城上其他人相比，哈尔斯算是幸运千万倍了，因为月球城上 25 万人，现在只剩下 8 万人，三分之二的人要么饿死，要么被人杀死，要么被月球环境杀死。

　　自从月球城暴乱，哈尔斯愁得睡不着觉，他本身有几个兄弟，而且武器也很充裕，便成立了一个帮派——"哈喇子帮"。他虽然文化不高，但是深谙社会行为和群众心理。哈喇子帮旗帜鲜明，直指月球人最关心的吃饭问题，迅速获得了一批拥趸，后来又陆陆续续建立了考核体系、奖惩机制、行为规范等，各项内容加起来有数百项之多。很快，口口相传，人们都知道了加入哈喇子帮有饭吃，"入帮"成为越来越多人的共识和选择。哈喇子帮很快就扩大到 5000 多人的规模。

　　以前一起做生意，有点看不起哈尔斯的老 K 却越混越惨，除了年糕还跟着老 K，其余的马仔和小弟都不知道跑哪儿去了。老 K 现在对黑箱子是恨之入骨，但是黑箱子仍然和以前一样，抱着宇宙语言翻译器每天玩变身，忽大忽小，忽高忽矮，玩得不亦乐乎。老 K 每次看到黑箱子都恨不得把它扒皮抽筋，无奈他根本不是黑箱子的对手，只能满脸堆笑，毕恭毕敬。

　　老 K 饿得快晕过去了，归顺了哈喇子帮，哈尔斯也不计前嫌，让老K每天能吃上东西。

太空城是另一番景象，这里的人丰衣足食，安居乐业。沃森很早就布局转型，尽量摆脱对地球的依赖。大部分太空城的居民都是举家搬离地球的，也有很多是无牵无挂地来到太空城打拼、渴望实现梦想和抱负的年轻人。所以，他们对地球上的灾难并不是特别关心，有的反而有一种幸灾乐祸的快感。

新大洲消防基地里面，李泰勒和李瑟琳穿了防护服，去把钴60离子射线器全部搬了回来，900多个离子发射管，总共装了20多箱，全部放在了试验台桌子的下面和四周。钴60离子射线器核心部件是钴60、镍材质存储筒和电子开关，李泰勒开启操作台机器人的自编程模式，每次用机械手拿起一个钴60离子射线器后，用电子测距仪从多个方向测量精确尺寸，机械手、切割机、喷火枪、电冲剪等轮番上阵，塑料外皮被拨开丢弃，镍包装被拆解冲压，然后启动真空环境加温去除聚甲醛树脂和杂质。

钴60被切分成毫米级方块后用纯净镍迅速包裹，外面再加一层薄薄的改性聚乙烯（PE）和聚氯乙烯（PVC）新型放射性物质包装材料，自动码垛机实现有规律的精确摆放。聚甲醛树脂又叫作POM塑料，是一种白色的高硬度、高钢性、高耐磨的支架塑料，两层包装可以确保射线从任何角度都不会泄漏。

这个过程被操作台控制器记录和模仿，全程自动解析学习、智能纠正，最终形成一套自动化标准流水线程序，李瑟琳负责完成后续的人工监管和辅助。李泰勒负责检查和验收，确保所有面都光滑、平整、无残留棱角、无碎屑、无气泡、无凝聚物，确保每个方块是一个标准化的单元，确保在同样的指令和操作下达到相同的执行结果。

上百万个"射线小礼包"很快就被制作出来了，李瑟琳更新了进度：

第六步　钴 60 离子射线器拆解，原材料提纯　√
第七步　进行防泄漏涂层包装，形成标准化单元　√

李瑟琳去看蒋吉的进展，他正在全神贯注地解决 MEMS 微机电系统子功能模块从逻辑设计到物理设计的一个难题。李瑟琳趴在蒋吉的背上看着电脑屏幕，蒋吉介绍进展说："MEMS 框架已经构建完成，修复了多个漏洞，目前处于功能模块实现的阶段，汉克斯正在编写程序。岁穗子魔盒系统分为月球城版和太空城版两个版本，各自至少两台成品要做出来。现在的任务是完成程序软件和我这里的 MEMS 功能模块，然后就可以组装测试了。"

蒋吉、李泰勒和李瑟琳都不知道，一天前，敌人的动物大军已经开始从消防基地侧边的地面向下挖掘了。他们正忙着的时候，突然警报声响起，消防基地的侧面被攻破，动物大军涌向这里。李泰勒赶快跑到总控室把仅剩下的两道消防门关上，蒋吉和李瑟琳用操作台机械手反向操作，把一些"射线小礼包"的保护层去除后，用强力胶粘在最内侧的消防门上。

整个地下空间已经岌岌可危，蒋吉回到座位上，把枪放在桌子上，暗暗发誓：必须战斗，有一丝希望都不能放弃！李瑟琳发给蒋吉一个哭的表情，蒋吉回复了一个"加油"。他用了几分钟，恢复了状态，又开启了心无旁骛的模式。

汉克斯发来了语音："我按照你的 SDK 软件开发工具集，已经基本开发完毕了，我自己做了一个模拟测试环境，现在需要你的 MEMS 微系统来实际测试一下。"蒋吉没有马上回复，他正在解决一个时钟树合成的问题，简单点说就是时钟的布线。由于时钟信号在芯片中的全局指挥作用，它应该对称式地连到各个寄存器单元，从而使时钟从同一个时钟源到达各个寄存器时延迟差异最小。

他现在遇到的问题是一个模块的时钟始终无法同步，这种情况极为罕见。因为要做的是一个能对信息实时采集、高速作出判断和反应、并能根据多种情况启动不同 FUNCTION 模块的武器系统，对技术和性能的要求是非常高的。他抓耳挠腮，绞尽脑汁，脑门上已经沁出汗来，手心也潮潮的。

蒋吉莫名火冒三丈，站起来绕着屋子走起来，不断用拳头敲击着自己的脑袋。这是怎么回事呢？大约 10 分钟过去了，他还是没有搞明白原因。时钟的抖动、偏移，时钟源延迟，同步多时钟，异步时钟，多周期路径……蒋吉念叨着，然后突然跳了起来。

蒋吉回到座位上的时候，汉克斯已经把改良过的"岁穗子"动力系统、全部源代码和"岁穗子"编程物质操控的示例都发过来了。

蒋吉回复"请稍等",十几分钟以后,把 MEMS 全部发给了汉克斯,并嘱咐了两句:"千万要先检查核对,植入程序后先检查两遍再启动运行。"

蒋吉伸了伸懒腰,顾不得脏,躺在地上稍事休息。汉克斯对这些东西也都非常在行,指出了一些问题。蒋吉先把汉克斯完成的软件代码在模拟器上测试了两遍,然后将所有东西装配起来,两个人又陆陆续续做了修改和补充,这样又过去了三四个小时,双方都没有休息,争分夺秒。蒋吉突然想起有位名人曾经说过:"如果你想要做一个成功的人,那请先锻炼好你的身体。"看来还真是有道理啊,能活得比别人长,或者能在极端的情况下顶住,这本身就是成功的重要前提。

李瑟琳再次更新了进度表格:

第八步　程序软体 + 模拟测试环境,源码测试　√
第九步　时钟树合成　√
第十步　MEMS 各功能模块组装　√

汉克斯那边的物资比较丰富,之前蒋吉用到的很多东西也是他传送过来的。蒋吉想让汉克斯传递过来一个射线探测仪,汉克斯说这个真没有。李泰勒和李瑟琳便做了两个,给汉克斯传送了一个,还发送了一半的钴 60 方块。"岁穗子"魔盒的雏形终于组装完成了,只有文具盒大小。剩下的就是测试了。首先蒋吉设定了个临时指令,这个文具盒大小的盒子瞬间自动解体为无数肉眼几乎看不到的自动力装置，无数的"岁穗子"像无数只蚊子般上下纷飞，有的装载着 MEMS 微系统装置，但是大部分都是空载的。一部分测试的岁穗子冲向实验台，每个参与测试的空载岁穗子都抱起一个钴 60 小块，井然有序又迅猛地飞到了一个远处的空屋子里，悬停在空中待命。李瑟琳看了啧啧称奇。

李瑟琳在墙上钉了一个扇子形状的简易射线探测仪，三个人退到稍远的地方，蒋吉将墙上的"扇子"设定为目标，然后下达"执行"命令。瞬间所有参与测试的"岁穗子"像子弹一样冲向"扇子"，因为它们前进的时候高速运转，钴 60 射线方块表层的包装物质在 400 多摄氏度的温度下全部熔化，钴 60 完全暴露出来，像子弹一样射到探测仪里面，涂抹检测液的扇形纸由于辐射激增，已经完全烧毁，如此一来，钴 60 射线方块已经钉在了坚硬的墙体里面。三个人都高兴坏了，李瑟琳跳了起来，蒋吉做了一个举起双臂的胜利姿势。

汉克斯那里的测试也很成功，汉克斯和蒋吉又陆陆续续讨论增加了抗干扰、储蓄能量的功能，考虑了飓风、电磁场、零重力、极高温、真空、气压等诸多可能的因素，其中为了防止光致动性能分子在意想不到的情况下失效，还引入了最小厚度为 3μm 的聚酰亚胺和 CP-1 薄膜，做成面密度为 $4.8g/m^2$ 的"太阳帆"，这成为备用的动力来源。"太阳帆"是一种光压装置，光压是射在物体上的光所产生的压强，是光子将其动量传给物体的结果，根据动量定理，光子具有动量 hv/c，会对物体产生一定的压力。蒋吉还根据李瑟琳的建议增加了远程控制模块，支持意识芯片控制和体感同步控制。

李泰勒和汉克斯分别把经历过无数次修改和完善的岁穗子魔盒传送到了太空城和月球城的哈尔斯家里。哈尔斯为了完成这次传送，专门派了两个手下带人去把月球站最先进的传输机搬了过来。他为这次行动做了非常精心、周密的部署。到目前为止，岁穗子魔盒攻打月球城黑箱子的事情，除了蒋吉、李泰勒和李瑟琳，只有汉克斯、哈尔斯和老 K 知道。两个岁穗子魔盒和各自配备的约 50 万个钴 60 小方块分别传送成功，所有的人都欢欣鼓舞。蒋吉和汉克斯都已经精疲力尽，感觉随时都可能倒下，只能勉强露出笑容。

可是谁也没想到的事情发生了，按照预期的设计，传送成功后，岁穗子魔盒会自动运行起来。可是李泰勒向太空城传送完毕后，太空城版岁穗子魔盒趴在接收器上一动不动，没有任何反应，旁边是码放整齐的钴 60 小方块。月球城哈尔斯这边倒是很正常，月球城版岁穗子魔盒自动解体，数不清的岁穗子已经在漫天舞动。

这是怎么回事？蒋吉集中精力，翻看超算机屏幕上复杂的岁穗子魔盒系统界面，各项指数、规格、标准、数据都很正常啊，太奇怪了。他问汉克斯，可汉克斯已经累得晕倒在地上了，一直没有任何答复。他越着急，脑子反应越慢。已经连续好几天没吃饱了，他感觉到自己的每个细胞、每个脂肪颗粒都已经快被耗干了。

这个时候，"咣当"一声巨响，又一道门被攻破了。从监控屏幕可以看到，整面墙几乎全部倒在了地上，狂暴的动物以千军万马之势冲了进来。突然，最前面的动物大军在靠近最后一道大门的时候停了下来，后面的动物没有反应过来，冲击、踩踏……一些最靠前的小动物像被电到一样，浑身抖动了一会儿就倒下了。

李泰勒和李瑟琳每人握着一把枪，惊恐地看着最后一道防护门的方向。蒋吉没有站起来，他快要急疯了，不断地键入着各种命令。

几秒钟后，太空城接收器上的数不清的岁穗子也漫天飞舞起来，蒋吉如果不是眼睛太干，几乎就流出泪来了，李泰勒和李瑟琳并没有看向这里，蒋吉呼叫汉克斯，却没有回应。

按照最初的设定，月球城和太空城的行动时间必须保持高度一致，而且需要多次人工确认和干预。蒋吉看目前的情况，汉克斯已经累到昏迷，自己还不知道能再撑几秒，便开启了全部自动执行模式。

月球城上，漫天的岁穗子在接收到执行指令后，各自抱起一个钴60小方块向老K家飞去。肉眼几乎看不见的数十万大军飞到200米外的老K家门前，自动组装成为老款木质收音机状的假宇宙语言翻译器。老K收到哈尔斯的通知，飞速从屋里跑出来，用黑布把"收音机"包起来塞到怀里，迅速回到屋里。

老K家除了他们夫妻的房间，还有四个房间，最大的是客厅，其次是休息室，还有一个储物间，最小的是暗室。自从黑箱子住在了老K家后，暗室就成了黑箱子的专属地盘。黑箱子其实就是并颗粒集群，在暗室休息的时候，这些丼颗粒通常组成一个或者几个箱子，宇宙语言翻译器就在某个箱子里面被保护着。其余的时间，这些丼颗粒会变成一块"板砖"飘在空中，在这四个屋子中巡视，此时宇宙语言翻译器都是被紧紧地裹在"板砖"里面的。其实老K对于黑箱子的了解也仅限于此。

老K揣着"收音机"回到了自己的休息室，用自己偷偷安装在客厅的多个针孔摄像头仔细检查，确认客厅没有丼颗粒的身影，他迅速跑出来把"收音机"放在客厅中间，然后跑出去把门锁上。他早已经在其他地方安顿好了妻子，所以这个地方不会再被人打搅了。

与此同时，太空城版岁穗子魔盒化身千军万马，带着钴60小方块飞到了太空城广场金字塔的附近，组合成一个球体降落在广场地面上。不远处一个扫地机器人看到了突然出现在地面上的"球"，挥舞着清洁剂和墩布走过来，刚走到一半，突然发现"球"消失了，他愣了一下，又回到刚才的位置继续扫地了。太空城版岁穗子魔盒此刻变成了长方体落在了一节台阶下，很好地隐蔽了起来，开启了蓄能模式，大量光能被转化为能量储备了起来。

月球城老K的房间内，月球城版岁穗子魔盒变成的"老式收音机"也开启了吸收光能储存能量的模式，并且随时监测着屋里的任何细微的变化。这个"收音机"和真正的宇宙语言翻译器看起来几乎一模一样，汉克斯以前一直想探究这个宇宙语言翻译器的秘密，虽然没有得到实质研究成果，但是对它的外形数据了如指掌，受哈尔斯启发后，他就在岁穗子魔盒的原有基础上增加了高级变形的功能模块。

"收音机"躺在客厅的地上等了好长时间，突然监测到有丼物质粒子出现在空中。黑色的丼物质"板砖"飞到了客厅的落地灯附近，又来来回回，四处游荡了一会儿，像是突然看到了地上的这个"收音机"，丼物质"板砖"愣了一下，检查了下四周，很谨慎地飞到了"收音机"斜上方。它差点儿扔了包裹在里面的宇宙语言翻译器，松开的瞬间又抓住了，然后一点点地靠近"收音机"。

这个时候，地上的"收音机"突然解体，就像鳄鱼突然跃起张开血盆大口紧紧咬住河马的脖子一样，岁穗子集合体突然跃起，紧紧地包住了丼物质"板砖"——丼物质的首领之一。汉克斯针对这个环节做过上百次试验和优化，使用了OAMPA集团超级实验室里面的多项技术和新型材料，岁穗子与纳米级的高密度材料产生分子间作用力（范德瓦尔斯力），并且共同形成一张牢牢的网，缠裹住了丼物质的首领和宇宙语言翻译器，瞬间数十万个钴60小方块的射线射向了丼物质的首领。

敌方的首领自然也不是吃素的，被包裹住的瞬间就开始挣扎，向岁穗子魔盒发起攻击。它们在屋里到处乱撞，上下翻腾，所到之处被砸出一个又一个深坑。

太空城，金字塔内的沃森每天处理完事务以后，金字塔唯一的入口会被一扇高5米左右的大门封住，这是李泰勒查了大量视频和资料后发现的规律。李泰勒和蒋吉还发现，这扇门的上面和侧面与金字塔融为一体，几乎是密封的，只有门下面有一条小缝。当门缓缓降下来的时候，正好太空城版岁穗子魔盒的能量已经储蓄到上限，便马上启动了攻击模式。数十万个岁穗子冲向金字塔大门下面的入口，很快金字塔大门内侧的地上就布满了密密麻麻的岁穗子。MEMS 的一部分功能组件沿着大门侧面找到了大门上部吊挂大门的三个金环，并且将金环全部熔断。还有一部分岁穗子沿着门的四周继续寻找一切可以利用的细小缝隙，将其堵上，并且利用自身能量将门与金字塔熔炼为一体，大门再也提升不起来了，这也意味着金字塔唯一的出口被完全密封了起来。

　　几个岁穗子携带着纳米级的摄像头组件升空侦察，随着视角上升，镜头中出现了一个微微高出"水面"的正方形台面，但下面的并不是水，而是黑色的、流淌的物质。这种物质幽暗漆黑，诡异异常，随时变换着样式。台子的地面是金光灿灿的，台子像个亭子但是并没有顶，四个边各有一条直线，直线高出亭子的地面，与地面有柱子相连，是四个极简的座位。台阶对面的一侧有一条甬路通向里面——沃森所在的地方，黑色的物质像是翻腾涌动的液体，时常没过甬路。甬路也是纯金打造，发出的金光变幻莫测、时隐时现，既令人感到空灵和幽静，又莫名伤感和不安。甬路的尽头，一个灰色的蒙古包状的帐篷静静地趴在那里，一个灰白色的布屏风隔开了灰色的帐篷和甬路。屋内的空间也是金字塔形的，整个空间并不大。

　　摄像头监测到布屏风后面有丼物质，地面上像水一样的全部都是丰物质，数量非常庞大，如果不是蒋吉启用了全自动模式，岁穗子魔盒系统现在肯定会中断执行并且请示采取何种战术。蒋吉也注意到了屏幕上有个提示：

是否中断自动执行？
倒计时：1519ms

蒋吉没有中断，系统很快继续运行。

地上数十万个岁穗子瞬间升空，前进的时候高速运转，钴60射线方块表层的包装物质在温度到达400多摄氏度的时候全部熔化。半空中的所有岁穗子重新排成新的阵列，完全暴露出来的钴60像数十万发子弹一样射到金字塔内部的四面墙里。瞬间，万丈光芒照射着整个金字塔内部。随即，就像在大玻璃瓶中引燃了鞭炮一样，金字塔内到处都弥漫开烟雾，地面上时而透出荧绿色的暗光，像是丰物质在呼吸或积蓄力量。

这时候帐篷里面蹿出一条黑色的"小蛇"，MEMS微系统推测那应该就是丰物质的首领，黑色的"小蛇"钻进黑色的丰颗粒"水池"里不再出来，很多喷射起来或者已经死亡的丰物质又纷纷降落在丰颗粒的"水池"里。蒋吉看到这样的景象，用尽全身的力气，启动了所有魔盒的全部储蓄能量，丰颗粒的"水池"被炸开……

消防基地内，蒋吉累得晕倒在椅子上，气若游丝，命在旦夕。

一头独角犀牛助跑后,黑色的大角一下子刺穿了最后一道大门,大门其他部位也被不知什么动物的黑色利爪撕开了缝隙。李泰勒和李瑟琳已经吓坏了,他们两个全身僵住,运动神经和肌肉已经停止工作。因为极度恐惧,李泰勒连眼镜掉在了地上都浑然不知,李瑟琳的汗已经把衣服浸湿。可是,突然之间,所有动物都停了下来,没有了任何的声响,时间像凝固了一样,只有李瑟琳衣服上冒出的热气还在向上升腾。

太空城,一条黑色的"小蛇"从金字塔的尖顶正中心冲了出来,冲破太空城的屋顶,冲向启明星的方向。金字塔内还弥漫着丼物质的尘埃,四面墙壁还闪耀着微弱的金光,钴60小方块嵌在墙壁上,像亮闪闪的宝石。空气中除了伽马射线,还有失去能量的伽马射线变成的紫外线、可见光和红外线,偶尔有莫名的光线,异常诡异。其他的地方已经没有了光彩,金字塔内的丼颗粒已经全部死亡,地面上、甬路、池子和台子都盖着厚厚的黑色粉末,像死气沉沉的地狱一般。

布屏风后面突然伸出一只手来,像僵尸要从墓穴里面爬出来一般。手用力扒着,脑袋和半个身体逐渐探出来,像是面目狰狞的怪物,但是仔细一看,其实是一个畸形的人趴在地上。他衣衫褴褛,脑袋像是从肋骨里面长出来的,头发很长,披在脸上,只露出一只眼睛和一个镜片,戴着眼镜的头快要贴到地面了,两条细细的腿蜷缩着,已经看不到脚的踪影,两只胳膊却很粗壮。他手里握着一个黑乎乎的铭牌，铭牌上满是污垢，"Jiang Ji"几个字母却格外清晰，泛着金属的光泽。可能没有人能想到，这就是全世界十大富豪之一、曾经掌管全球数十亿人生命和健康的蒋沃森。他看了看周围，脑袋很快砸在地上，死去了。

地球上，十几分钟以后，世界各国的航空航天基地和伽利略集团在全世界的发射中心里，上百艘宇宙飞船冲向启明星的方向，这些宇宙飞船载有改良仕、机器人、各种动物、全世界的种子库、数十亿种地球生物的基因库，还有千万吨像沙子一样的丼颗粒。这些宇宙飞船包括各国的科考船、运输船、驱逐舰、护卫舰、救生舰等，而丽萨驾驶的是一艘指挥舰。这些宇宙飞船设定的目的地是距离地球 12,000 光年的巴萨阿星。启明星与巴萨阿星之间，距离巴萨阿星 180 光年的地方，一个黑洞正在形成。

李泰勒和李瑟琳瘫倒在地上，几分钟后才爬起来，他们把蒋吉抬到了救护舱里面，救护舱迅速向蒋吉血管内输入了营养液、生物氧，还有细胞修复因子。过了一会儿蒋吉才恢复了些体力和精神。

李泰勒和李瑟琳又累又饿，躺在地上一动不动，地上还有消防大门被撞开时散落的一些金属和建筑材料，还有一些刚冲进来的动物，有夏威夷蜜旋木雀、野猪，还有猫鼬。稍远处，独角犀牛的头和一条腿已经挤了进来，地上的动物都已经死去，只有这头犀牛还在苟延残喘。

蒋吉突然问了一句："你说它们的肉能吃吗？"

李泰勒看了看蒋吉，没有作声，十几秒后点了点头。

蒋吉拿了一个便携式切割机过来，把野猪的两只后大腿切割下来，回到操作台把皮毛削掉，露出了鲜红的纤维和均匀的肌肉，之后又在操作台使用自动切片机把肉切成均匀的薄片，使用智能烘烤器把肉烤熟了。蒋吉把烤熟的肉端给李泰勒和李瑟琳吃，李瑟琳刚开始直摇头，可是当闻到烤肉四溢的香味时，也开始大快朵颐了。

三个人津津有味地吃完烤猪肉，体力都恢复了很多。蒋吉又盯着那头刚刚停止呼吸的犀牛问李泰勒："那个犀牛肉可以吃吗？"

李泰勒回头看了看，说："可以吃。"

李瑟琳打了蒋吉肩膀一巴掌，说："你傻啊，那可是世界级的濒危保护动物，你想被判刑坐牢吗？"

蒋吉也回头看了看，说："如果死了呢？"

李瑟琳没有回答，沉默了几秒，扭头问李泰勒："爸爸，你说犀牛肉还用刚才那种做法会好吃吗？"

又过了一两个小时，三个人已经撑到打嗝了。

李瑟琳想起了什么，回屋子拿了点东西，出来对蒋吉说："你不是想获得'地球卫士'勋章吗？这里虽然没有观众、没有庆典，但让我来给你颁发个小红花作为奖励吧。"她把蒋吉拉过来，将一个红色的花环戴在蒋吉的脖子上。

蒋吉低头看着大红的花环，心说这哪是"小"红花啊，有点不好意思地说："不，不，我说着玩的，给你戴吧，你贡献也不小。"说着就把花环摘下，给李瑟琳戴上。

李瑟琳也推辞道:"那让我们的总指挥官戴吧!"

李瑟琳摘下花环,硬是套在了李泰勒的脖子上。李泰勒并没有马上摘下来,而是说道:"无数的人在这次灾难中奋勇抗敌,有联合洲和各国政府、警卫安全保护署、地球安全防务局、地球护卫队,各国的军人警察、维和部队,还有志愿者、企业家和工人,有千千万万普普通通的百姓,这些人都是应该戴上花环的,没有他们就没有地球的胜利。"

李泰勒把花环摘下,放在了三人之间的空地上。李瑟琳指了指旁边的台阶,让蒋吉站上去发言。

蒋吉搓了搓手,站稳了说道:"当人类最基本的权利——生存,种族的生存都变成一种奢求和希望的时候……"他看了看李泰勒和李瑟琳,他们都在认真地听,李瑟琳投来了赞许的目光,蒋吉接着说,"当这种时刻到来,无论男女老少,内心都会发出本能的呐喊,那是一种野性的呐喊,那是一种原始的回归。数百万年前,体形巨大、异常残忍的猛兽巴罗刀齿恐猫,或者体重 400 千克的统治地球的美洲剑齿虎,都随时会向手持木棒的猿人发起毁灭性的攻击,那时我们的祖先发出的也是同样的呐喊,虽然瑟瑟发抖,但是这喊声却异常坚定高亢,响彻整个山谷,让他们更加无所畏惧、勇往直前!当南方古猿从树上跑到地面来寻找食物,第一次站立起来,就奠定了我们敢与天斗、与地斗,永不服输的血脉和基因。数百万年间,人类经历了上亿次、上百亿次,甚至上万亿次大大小小的灾难。气象灾害有干旱、暴雨、台风、寒潮等;地质灾害有地震、滑坡、泥石流、地裂缝等；海洋灾害有风暴潮、海啸、海冰、赤潮等；生物灾害有瘟疫、寄生虫等。人就像无比坚强的小草一样，无论如何摧残，无论何等艰难，哪怕是被连根拔起，落在地上后依然不屈不挠，用尽所有的力气继续把根扎进土里，因为他们梦想着拥抱太阳、雨露和大地。这是何等不易，这是何等的奇迹！我不知道生命的最高境界是什么，什么才是尘世的壮丽与永恒，但是我知道人类永存，人类精神永存！为了保卫地球、为了人类的美好而战，更能显示战胜苦难而后生的真英雄本色！匍匐于地，肢断骨折，在天幕下，也依然挺起不屈的脊梁。荒原茫茫，朔风浩浩，向宇宙洪荒发出最后的长吼，地球上的人类不惧怕任何的挑战！"

李泰勒抽着烟，头上青灰色的烟雾缥缈游离，李瑟琳眼里饱含赞赏的目光。蒋吉稳定了一下情绪，从台阶上下来，三个人再次围坐在一起。

三人休息够了，李泰勒把消防基地顶部的大门缓缓打开，太阳的光芒照射了进来，外面湛蓝的天空中飘着些许白云。三个人已经不太适应这种大自然的光线了，用手遮住眼睛站了一会儿。

李瑟琳抓着蒋吉的胳膊说："你讲得真好！生命太珍贵了，我们要记录下我们的生活，从今天起，哪怕是很小的事情，我们都要记录下来，每一秒钟、每一分钟都是有意义的时刻。"

三个人边说边来到地面上。地面上，尸横遍野，血流成河，既有人的尸体，也有各种动物的尸体。血迹和腐烂的液体流在地面上，有的已经晒干，有的汇集在沟里或坑里，呈现出铁红色、暗红色或者黑褐色，蝇虫飞来飞去。有一只乌鸦低低地飞进草丛中，啄食着人的腐肉，嘴里叼起一个带着血的钻戒，看到有人走过来，忽地飞走了。草地好久无人打理，有的草已经长到半人高，几棵景观树歪倒在地上，已经干枯，一片枯草蹿起新的火苗，四下蔓延，越烧越旺。

向远处望去，这个曾经最文明、最发达的城市，这个代表着人类智慧结晶的人造大陆——新大洲，现在已经千疮百孔。断壁残垣横亘于大地，入目皆荒凉，一片片巨大的废墟在诉说着无尽的悲情。

远处的高楼大厦，大部分已经倒了，还未倒塌的楼也已经东倒西歪、支离破碎了，完整的大楼和建筑几乎没有，到处是被炸被毁的裸露着钢结构和新型建筑材料的楼体。很多地方燃烧着大火，一栋不高的楼像一支蜡烛似的燃烧着，楼顶的火焰尤其醒目。昔日的大型广告屏已经无影无踪，平时繁忙热闹的街道，现在却没有一个人影。飞行器和空中轨道有的插在楼上，有的像吊着的玩具，风吹过时，发出"吱呀吱呀"的声音。空中乐园很多设施已经损毁报废，巨型太阳艇的外壳被刺穿，过山车倒挂在太阳艇的下面。空中花园破败不堪，上百个景观散落在地面数平方公里的建筑之间。最大的空中泳池已经随楼坠落在地上，两个原本艳丽的沙滩伞，如今破破烂烂地在废墟上面插着。

这些场面虽然在影视和游戏里面并不少见，可是真正出现在眼前的时候，还是如此震撼！也许是因为太过凄惨与残酷，反而让人觉得恍然如梦境，看起来一切都那么不真实！

他们三个倚靠着一根倒塌的路灯，坐在消防基地的入口旁边，享受着劫后余生的幸福时光。他们觉得这天际的美景看也看不够，从蓝天白云看到了夕阳西下，缤纷万状、色彩奇艳、婀娜多姿的霞光云氤，已经弥漫大半个天空。晚霞之美，令人动情，教人心醉。又过了些时间，天空暗淡了下来，月亮和星星升上了天空，越来越多的星星开始显现。

太阳系是一个被太阳引力约束在一起的行星系统，包括太阳以及直接或间接围绕太阳运动的天体。在直接围绕太阳运动的天体中，最大的8颗被称为行星，其余的天体要比行星小很多，比如矮行星、小行星和彗星。太阳系所在的银河系，包括2000亿～4000亿颗恒星和大量的星团、星云，还有各种类型的星际气体和星际尘埃，直径达10万光年。如此浩瀚的星海，规模何等庞大，成分何其复杂！人，真的是渺小如沧海一粟啊！

距离地球4700万光年，星系编号为NGC1068的巨大扁平状星系由大量恒星、分布广泛的气体、尘埃形成，是鲸鱼座的一个活动星系，这个星系的体积是银河系的3万倍。这个巨大的星系内，数万万亿的黑色颗粒正在游荡着，它们有的时候较为密集地聚集在一起，呈云雾状，在天文望远镜的镜头中，往往显得绚烂多彩，地球上的天文学家误将其当成星云。事实上，黑色颗粒既不是星云，也不是宇宙尘埃，至少不是普通的宇宙尘埃，因为它们是一种生命体！

这些黑色颗粒像鱼儿在海洋里四处游荡，浩瀚的宇宙空间犹如一个巨大的海洋环境，宇宙就是适宜它们生存的地方。这些游荡在宇宙中的黑色颗粒以星际尘埃、气体、暗物质等几乎所有宇宙中存在的物质为食物，它们可以消化和吸收二氧化碳、氦、甲烷、氨、氘、乙烷、硫化氢铵、氮、氩、橄榄石、辉石、硅酸盐等几乎所有宇宙元素，它们能经受得住宇宙中绝大多数的危险和考验，高温、极寒、爆炸、雷电、病毒、腐蚀、真空等对它们来说都是家常便饭。

它们可以无限、无性繁殖，它们可以随时改写自己的属性特征和生命代码，也可以改写宇宙中其他生物的内核本质和参数特性，还可以改写人类理解的生物的氨基酸、蛋白质、DNA、RNA 等基因信息。它们可以寄生在绝大多数生物体内，控制它们的大脑，并且有可能参与每个星球、每个环境内生物的进化和演变。它们更喜欢控制可以移动的物种，但是不喜欢水生物种；如果没有可移动生物，它们也会进入到类似植物、真菌的生物体内……

这些无所不能的黑色颗粒诞生于宇宙起源时期，与宇宙同龄，它们只有一个克星，那是它们的天敌，遇到天敌后黑色颗粒会迅速钻入数十米深的岩体内，或者为了保护首领和 1% 的精英而抱成一团，虽然这有可能会牺牲 99% 的个体。

黑色颗粒已经征服了 47 个存在文明的星球，它们每到一处，并不会完全毁灭星球上的环境和物种。一般情况下，它们会进入各种生物体内，感受、陪伴、尝试、探索该物种的每一次进化，或者只是为了玩耍。它们有极强的学习和进化能力，只要它们愿意，它们可以读懂整个宇宙的奥秘。黑色颗粒虽然暴虐凶残，但是很少展开灭族的大屠杀。直到有一天，它们遇到了人类，它们发现自己居然无法控制人的大脑，进入人类大脑的黑色颗粒都会很快被杀死，人的全身都会分泌化学物质对抗它们。尽管地球大气层阻挡住了它们最害怕的天敌——γ射线，人类却可以凭借自己的智慧制造出这种足以杀死它们的射线。

银河系放大 100 亿倍，也不过是宇宙的一个小角落，宇宙可视范围直径约 2000 亿光年，宇宙中有 20000 亿～ 100000 亿个星系！

其大无外，其小无内，无边无际，浩瀚星空。

或许，整个宇宙是一台超级计算机，神用 DNA 软件创造了人类和千千万万的物种，用造物程序编写了空气、阳光和水……

人类的出现，或许本身就是个错误，也可能是意外吧。

那我自己呢？蒋吉有时会这样问自己。

彩蛋

（一）蒋沃森——从世界级富豪到卅物质的奴隶

好吧，让我们来看看蒋沃森是如何从人类中的佼佼者、十大最具权势的地球人之一，沦为卅物质"小黑蛇"的奴隶。

某一天，"小黑蛇"又出现在蒋沃森眼前，这并不是第一次了，每当他极度抑郁，甚至想自杀的时候，"小黑蛇"就会出现。"小黑蛇"可以变化成无穷无尽的图案，有的图案他可以看懂，是他正在探索的仙女座星系、大麦云星系、室女座河外星系等。

蒋沃森知道这是个外星生命，但是苦于没法和"小黑蛇"交流，直到仆人特里沃打听到月球城的老K有个宇宙语言翻译器……

"小黑蛇"学会了地球的文字，通过排列成字母来与蒋沃森进行对话。蒋沃森提的每一个问题都堪称人类的"天问"，他与"小黑蛇"的交流是数千年内最具深度和高度的对话，内容涵盖了从古至今所有人类的终极困惑：

我们是谁？

我们从哪里来？

我们要到哪里去？

"小黑蛇"回答了大量的问题，其中一些答案蒋沃森也并不完全理解，但是蒋沃森已经彻底地被征服了，他第一次感觉到人类的渺小和愚昧无知。

一个月后，"小黑蛇"问："你想看到我所看到的、感受到我所能感受到的世界吗？"

蒋沃森反问："我可以得到你的智慧吗？"

"小黑蛇"回答："只要你心甘情愿地让我进入你的大脑，不让你的大脑伤害我，你就能得到这一切。"

蒋沃森以为自己会多一个大脑，没想到，自己本来的大脑被迅速抑制住，被一点一点地蚕食了。

（二）鼬鼠 YOYO

李瑟琳陪着蒋吉回到他的住所，消防飞行器降落在院子里，她拉着蒋吉的手来到车库。

蒋吉正在开密室的门，李瑟琳突然喊："你看那个，那个……"

只见不远处，一堆零件的旁边，堆着方方正正的一堆钴 60 离子射线管，更靠近零件堆的地上还有一个钴 60 离子射线器。蒋吉走近仔细察看，一条毛茸茸的黄色尾巴露在零件堆外面，如果不仔细看很难发现。

蒋吉和李瑟琳两个人一边快速搬走零件一边欣喜地说，"肯定是 YOYO 回来了，YOYO 在里面呢。"好不容易搬开了零件，两人果然看到 YOYO 安安静静地趴在那里，背上的皮毛已经磨掉了一些，有的地方甚至磨出了小孔。

李瑟琳像抱着自己的孩子一样，怜惜地把 YOYO 抱回密室。蒋吉把 YOYO 放在充电桩上，开始给 YOYO 做检查和修复。YOYO 充电后很快和蒋吉的手环恢复了连接，蒋吉将 YOYO 未成功发出的状态、反馈、通信、画面接入到手环上播放。

"没电了，没电了，这可怎么办啊？"YOYO 的求助由于某种原因没能成功发送给蒋吉。当时，YOYO 的电量已经多次预警，YOYO 想再多干些，没有理会，没想到回家的路上，电量已经降到危险程度，必须马上处理。YOYO 把扛着的钴 60 离子射线管全部卸掉，关闭了所有非核心功能，进入了低电量模式。但就算如此，YOYO 也不想白跑一趟，于是嘴里衔着一根离子射线管飞快地跑回家中。在电量只剩下 0.02% 的情况下，YOYO 钻进了零件堆里，这个"洞"可以保护 YOYO 的安全。

李瑟琳和蒋吉看完，又开心又自豪，两人抚摸着 YOYO，一个劲儿地夸："YOYO 好聪明，好可爱啊，真是个好孩子，真是我们的好宝宝。"

一动不动的 YOYO 其实已经苏醒了，但是 YOYO 想多享受一会儿这美好的时光……

（三）新的生命

李瑟琳和蒋吉，两人来到湖中心的一个小岛上，岛上风景很美，长满了热带植物。

蒋吉问："这是哪儿呢？"

李瑟琳说："静怡潭。"

李瑟琳指了指中间的一个帐篷说："我在岛上观察到一种绿色蜥蜴，住在这里。"

岛的一侧树木林立，林间到处鲜花盛开，色彩缤纷的花朵争奇斗艳，李瑟琳指着树上的绿色蜥蜴让蒋吉看，说："这种绿蜥蜴有一个非常怪的名字叫作日行守宫，一般认为其分布在非洲的马达加斯加岛及周边岛屿，但是夏威夷一带也有很多。这里还生活着红顶小鸟、食肉毛虫、笑脸蛛、Nēnē（夏威夷鹅）、蜜旋木雀等。"

蒋吉拉着李瑟琳的手走在丛林里面，树林里的空气特别新鲜，让人觉得幽雅宁静，仿佛置身于童话的世界。岛的另一边，小草碧绿碧绿的，在微风的吹拂下，扭动着柔弱的身子，展示着优美的舞姿。草丛之间长着一种金黄色的花，花瓣仅米粒般大，一簇连着一簇，远远望去，仿佛绿叶丛中点缀着碎金。

蒋吉把走在前面的李瑟琳轻轻拉回来，紧紧地抱住了李瑟琳，蒋吉的脸完全的贴在李瑟琳的脸上，蒋吉感觉到李瑟琳的脸蛋像剥了皮的鸡蛋般细腻光滑，带着让自己疯狂的温度和体香。

李瑟琳凑近蒋吉的耳朵说了个悄悄话，蒋吉抱起了李瑟琳，飞奔向不远处的帐篷。

微风吹过湖面，很是温柔，像极了爱人轻柔的抚摸。湖畔，一只红蜜旋木雀在半空中盘旋了一圈扎入灌木丛中，站在巢旁枝干上，静静地看着正在孵蛋的伴侣。巢内，一个蛋已经被啄开了个小洞，小尖嘴不时试着探出来，其余三个蛋也传来了轻轻敲击的声音，四个小生命将要开启它们全新的生活。

后记

这部作品原名叫《公元 2119 年》，曾经获得过中国科普作家协会、腾讯科幻颁发的"水滴奖"长篇科幻文学奖。此次首次成书，由中译出版社出版。

未来，脑机接口大量商用，人类进入高度发达的超元域时代，"超元域病毒"突然爆发，同时，智能机器人杀人事件频发，全世界陷入混乱和动荡。小说在这样的背景下展开，以"超写实"的手法，记录了一个离奇而又紧张刺激的故事。

整个小说主要创作于 2019 年，从构思到完成，历时 400 天左右，完成初稿后的两三年内，我又做过多次大大小小的修改。2021 年底，我又对作品做了一次整体的升级和完善。无论是最初的创作还是后来的修改过程，都是艰辛但又充满惊喜和快乐的。

这期间我经历了无数的曲折、反复，时不时也会陷入极度的迷茫，删除重写更是家常便饭。此外，我还需要不断寻找灵感，听取大家的意见。

下面我从想象力、价值观、科技含量、故事情节、思想内核五个方面谈谈我对自己这部作品的想法。

第一，想象力。稍微夸张地说，对地球末日的塑造，在不少文学或影视作品里并不少见，但这部作品对世界末日的设定不太一样，有自己的特点。全世界的智能机器人开始杀人，游戏设备夺走人的意识——这只是个开端，一系列天马行空的故事就此慢慢展开。

第二,价值观。可以说这本书是崇尚科技且追求真理的,是充满正能量且教人向善的。书中的人物设定多元立体,这里面,有一心向善、服务人类的正派;也有误入歧途、毁灭人类的反派。正派也有缺陷,犯过错误,反派身上也能看到人性的光辉。主人公虽"出身卑微",却能够保持内心善良,在巨大的灾难面前,他勇挑重担,将生死置之度外,这是难得的。同时,主人公经历了一个成长的过程,用科技改变自己的命运,又用科技改变了人类的命运,最终战胜灾难,捍卫了地球的尊严。

第三点,科技含量。这是一部跨学科、跨领域,涉及数十个细分学科的科普作品。虚拟现实、区块链、脑机接口、人工智能、生物计算机、可编程物质、量子计算、微机电系统、游戏引擎、新型材料、元素与射线、外星生命、月球生存、未来交通、火箭动力、博弈论、军事技术等均有涉及。

例如,书中有一段文字专门描写机器人的生产制作,包括了装配、焊接、锻造线的上下料等,展现了基于NPLC控制的与生产线总控计算机联网的工业自动化系统,此外,还介绍了机器人用到的具有感知重力、碰撞、温度等多种功能的传感器。

书中讲原理、讲实验、讲技术、讲逻辑的细节处处可见。对我而言,创作的过程也是学习的过程。在这个故事的背后,我阅读了超过百万字的资料、论文等,力求我写的每句话都有科学依据。

第四,故事情节。这本书中的灾难是多种并行的,而引发这些灾难的却是同一个阴谋。本书的时空架构也较为庞大——从太平洋到全球各国，从地球到月球，从月球到宇宙，都有相互关联的事件同步发生。为了避免过多"剧透"，情节就暂且说到这里，更多的内容留给读者自己去发现。

最后，我想说说这本书的思想内核。我希望通过对"计算机"与"宇宙"的探讨，反思人和世界的关系，也提出了一个问题：未来高度发达的科技会把人带向何方？

当人类自己越来越像"造物者"的时候，人类应该如何看待自己？如何对待众生？是否应该挑战创造人类的宇宙？我们是该无休止地追求科技，更贪婪地实现"人机进化"，成为"数字新物种"，还是应该回归平静，降低自己的欲望呢？

一百多年前，达尔文提出的"进化论"被用于解释地球生物的发展和进化，反观现在高度数字化的我们，计算机正在与人类协同发展和进化，或许有一天，"意识上传"真的能让我们"意识永生"。

世界总是矛盾的，人类也是矛盾的，在矛盾中观察、试探、对抗、妥协、徘徊、反思，而后继续向前发展，继续矛盾……

回到现实层面，回归这个作品，回到我自己。我从1998年开始学习计算机，入行的时候是程序员（工程师）。时间如白驹过隙，已经过了20多年，在这期间，我亲历了以计算机为基础的数字经济的巨大发展。

如同全国的14亿人一样，我自己也是国家发展、繁荣、稳定、强大的受益者。对此，我深感幸福和满足，同时也希望承担更多的责任和义务。除了日常工作，我会把业余时间的一部分用来写作，主要方向是行业、学术、科普和科幻，目前也出版了几本小书。

科幻与科技相辅相成。科技为科幻提供了素材和基础，科技的发展给了科幻小说发挥的空间；科幻小说充满人类的想象力，具有预见性，可能也会在不经意之间对科技的发展起到作用。

我写作本书的初衷是希望帮助读者"轻松读懂未来科技"，希望"科普不枯燥，人人爱科技，共建科技强国"，但是受限于本人的水平和能力，本书可能存在错误或不合适的地方，请各位读者多多体谅、批评、指正，万分感谢！

高泽龙

2025 年 1 月于北京